尋訪大陸美麗山水

——逍遙出生命的富足

陳亞南・著

琹涵序

親愛的亞南

你從春光中走來，典麗如一首小詩。

你其實是美的，多年前妹妹曾見過你，稱讚說是個「氣質美女」。縱使今天，你穿著樸素，不施脂粉，也依然看得出氣質的不凡。

你來，本想請你吃牛排，可是我們到得太早了，還沒有開始營業。後來，我們去吃小吃，又買了仙草冰帶著，因為你說，他們還上了電視呢。然後，我們去吃八寶冰，老店了，只是在料峭春寒的季節，畢竟吃的是冰，仍有著些微的涼意。

想來，我們也認識很久了，從年少時到現在。那時候，你是個文學少女，文筆很好，經常在中央副刊寫文章，老編還常請你和其他的年輕作家吃牛肉麵。我們曾因兒童舞台劇本入選而相識，那竟然已經是三十多年前的往事了。

你寫散文、寫廣播劇，我們還一起寫醫生朋友的套書，甚至合寫《琹涵老師寫作教室》……這些年來，我們一直往來密切。

你的才情豐美，倚馬可待，真叫人吃驚。實則，你也愛玩，活潑外向，四處趴趴走。在無意間，也種下了日後寫旅遊書的因緣。

果然，你開始寫旅遊文學了，單去年就出國了三次，看來今年仍會有多次的尋訪。去年十月你從大陸回來，就沒有了音訊，一個多月以後告訴我，你寫了四萬字。果然援筆立就，這樣的努力，恐怕也少人能及吧。

在《尋訪大陸美麗山水》裡，你寫廬山、石鐘山、三清山，寫三疊泉，寫婺源、李坑的鄉村之美，寫揚州小記、西湖驟雨、滕王閣，寫南京的梧桐，寫華清池、白鹿洞書院、景德鎮……不只是山光水色，更兼及背後濃郁的人文探究。散文作家筆下的故國山河畢竟是不同的，文字優美，引人入勝，還有那剪不斷、理還亂的家國之思。

尋幽訪勝、耐人尋味，的確是以彩筆寫深情。

出書的意義，在於心情的紀錄，也在於生命的分享。

親愛的亞南，恭喜你美夢成真。

琹涵　二〇〇九年春日

自序

二〇〇七年，我罹患癌症。

第一次面對生命的可能結束。若說有些不甘心，就是這世界這麼大，這麼美，很多地方是我從年少時就嚮往的。可是我卻還沒去拜訪、去探尋。我不想留下遺憾。

很湊巧，有一次要進行化療前，我的主治醫生一面查看我的檢驗報告，一面輕鬆的好像不經意的，應該說是要轉移我的恐懼吧，醫生問道我：「身體好了以後，最想做什麼？」記得，我是很肯定的，很當一回事的回答醫生：「我想跟家人、跟好朋友一起去旅行。」醫生笑了，很誠懇的說：「你一定會好起來。」

化療醫治，才剛告一段落，我的雙腿漸漸恢復力量時，我就和先生到阿里山看日出，後來又和朋友們到婺源、廬山了。

我發覺：活著的美好，就是感受世界的美麗，世界的真實。站立高高的山巔，可以化身為一望無邊的遠景；面對廣漠的平原，可以化成平原上交錯的阡陌。每一條路，每一道水，都是驚喜；每一個擦肩或接踵的人們，都是邂逅。

儘管身體有病痛，但是我的心靈一定要很健康、很開朗。

正因為對這世界的嚮往，激發了我積極克服癌症的意志。

現在，旅行回來了，我把它變身成文字來和所有的人分享。先前出版了《閒閒走走——台灣小旅行》，這一次，二十六篇的記述，我以《尋訪大陸美麗山水——逍遙出生命的富足》集結，和大家分享每一次踏出家門的去向。

我相信，大地是最好的醫生。生活中的沮喪會熬過去，痛苦會熬過去，忙碌會熬過去，人生，因為熱愛旅行，就會有許多大快樂，滿心期待時，那些，都微不足道了。

陳亞南

目次

卷三

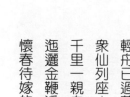

卷四

卷一

領隊這款碗糕

跟班碗糕

十幾年前，幾個一起編輯刊物的好朋友約同家人一塊出國旅行。手續辦好，旅行社老闆特別祝福我們旅途愉快。

到了機場，竟然多了一個「人」——領隊。奇怪，明明說好了的我們這幫人不用領隊的。「老闆說你們有十八個人，所以加派一個領隊給你們，為你們服務。」看看說話的這個領隊，約莫二十五、六歲，有些微胖和靦腆模樣，我們心想算了，別太為難人了。

「領隊是啥米碗糕？」朋友的阿嬤問。「跟班啦！」立刻有人這樣解釋。說實在那時我們都不知道領隊的工作是什麼，不過，那個領隊倒真的是跟班，白天行程跟得緊，早在台北就計畫好的夜晚私密行程更是跟得緊，說白一點：唱歌和跳迪斯可才是促成這趟旅行的動力。可是我們的心事哪能跟領隊說呢？

為了躲開跟班領隊，大夥化整為零分散出旅館大廳，不過跟班領隊也很厲害，也總能很快出現在歌廳門口。朋友們本都是舞林高手，而且編輯夜生活早已練就金剛不睏之身，再加上假期的難得，不到天亮哪捨得轉回旅店？心一橫，當作沒看到領隊那張疲倦等待的臉吧！

好心的阿嬤忍不住了：「領隊少年郎，他們都來過幾次的。不要管他們。」。「不行，我要負責他們的安全。」想當然，領隊又跟來了。

六天，自由行結束，啟德機場出境時，看看先前微胖的領隊竟然小了一號。「唉！實在不該答應經理的。都是經理。」領隊唉聲歎氣幾次提到經理。這時，我們才深思：經理不就是漂亮好朋友的先生嗎？難怪——，原來啊！

點人頭碗糕

應好朋友之約，參加一個頗負盛名的報社旅遊團旅遊，領隊算年輕，看上去約有三十歲左右，有些酷，行前說明簡短有力，數語含括。朋友說處理事情有效率，不錯吧。

出發日到機場報到，一團人都來了，左等右等，最後領隊來了，時間拿捏真狠準。「來，來，點一下名，全到了嘔。」「只要我一出現，全員到齊，行李擺齊。」好大的口氣。算了，叫他「點人頭碗糕」吧！

朋友怪說是我「一語成讖」，登機閘口前、香港轉機臺前，別的隊伍像是小朋友遠足般，在一個大旗子下快樂的圍繞，我們這團人則像猴子般東逛西看，機伶的跟著其他長隊伍快快跑進機艙。要起飛了，我們的領隊抽完煙，逛完免稅店，姍姍出現了：我點一下人，全到了啊！

不過像猴子的隊伍也有自己的生存之道：我們也乾脆來個固定行程外加自由行程，例如遊牟尼溝時，全隊人沆瀣一氣地鑽進溝口邊一座四百年的喇嘛寺，轉經輪、訪問修行的喇嘛；看川劇變臉後，夜逛成都大探險。直到購物站，站站掛零，小小地陪垮著臉：領隊呢？「該點人頭時就會出現啦！」這次可是全隊一致的呼聲！

正港台南碗糕

說來我是真的喜歡吃碗糕這種小吃，ＱＱ的在來米香，加上蘿蔔、蝦米、蛋仁，正港的台南碗糕，讓人回味無窮、津津樂道。

對！像一種熱情、盡責的領隊要稱什麼碗糕呢？就叫「正港台南碗糕」。也如同到處有販賣碗糕的小吃攤，不過其中差別可大的呢。

有一次山東齊魯遊，就被素質差得不得了的領隊倒盡胃口後，發誓不再參團，尤其那個領隊吐苦水說道：旅遊越來越難做，很多旅客都只跟著某個領隊時，我記得我是立刻打斷他的話，告訴他說：我以後絕不參加旅行社的團，並且一定要趕快祈禱遇到那種領隊。

同樣也是好朋友邀約旅行，因為他自己組團，領隊是特別指定的，還有他強調說：如琳特別從美國回來參加旅遊，只因是這個領隊。說實話，朋友說的，我有些半信半疑。

也是報到日，趕早到機場，報到臺前已經站了個托箱提包夾紙袋的，領隊的來了？沒錯，就是行前說明超級詳細的那個，一見面立刻叫出我們團員的名字。

機場手續，出境簽報單，行李識別布條，胸有成竹一一備齊。轉機的空檔，拿出旅遊當地的所有貨幣，指點團員認識和辨別，兩小時的轉機等待，就在認鈔票和新朋友遊戲中一眨眼過去，成為旅遊難忘的一頁。

當然其後的幾天，領隊的悉心照應，自不在話下：寒凍下雪的烏鞘嶺，可以在車內喝到一杯熱騰騰的咖啡；在喀什邊疆可以熱鬧的過一個被遺忘的生日；在血壓降低有些不適時，適時傳來一包糖果。真讓人想不到：素臉素面下卻有溫柔細緻的體貼；平凡樸素後卻有不少歷練的內在。不過讓我最心服，而且要學習的地方，竟是他的不囉唆，不碎碎叮嚀，因為每晚在安排好房號，拿到鑰匙的同時，他給了我們一人一張摘要，有起床、早餐時間、地點，……，領隊房號，尤其如何打電話回台的方法。

可是別以為好領隊是有求必應、一味討好，到敦煌的那晚，晚餐後，團中有人希望司機能順路送大家到夜市去逛逛。這個領隊立刻壓低聲音，嚴肅的說：坐打的（計程車的當地稱呼），五塊錢就到，師傅該休息。原來第二天的行程約七百公里高速路，走絲路之所以容易出車禍，就因為路長、速疾、景觀單純、司機極易疲累。稱職的領隊是要能防範於未然的啊。

領隊這款碗糕，沒有真內容是不能蒸出一碗令人微笑的食物的。旅行中，能遇到一位肯把內心最好的東西，盡量發揮出來的領隊，真是幸福的、歡笑的。

啊！

真好，我認識了。

叫我小曹

好朋友招兵買馬組成一支「千歲旅行團」。千歲團，顧名思義：每個團員都是資深人類，「得」高「忘」重。

儘管都屬高人，但是出門在外，還是要有齒序之別呀。

「嘿，你們叫我小曹。我是小曹！」電視廣告中有個「騎自行車穿梭社區的『小曹』」，我看眼前的這個「小曹」，一身休閒短衣褲，腳上時髦的登山襪登山鞋，以及自助行的行家背包，俐落又有型。

「他到底幾歲啊？」我忍不住問好朋友。

「哈，你等他自己告訴你，或者你自己看吧。」

我開始冷眼觀察他。

第一天下來，我先發現小曹是鬼精靈。江西菜又辣又鹹又油，兩餐不約而同的都有一鍋牛肉煲。大夥兒哈著舌頭喊辣鹹，卻見他神閒氣定，逕自一大杓一大杓往白麵條內加，「正宗好吃牛肉麵」，「來，教你們新吃法」。當然，可想而知，那一大碗本不得人緣的白湯麵條，一大鍋料黑味重被人嫌的牛肉煲，立刻成了別開生面最夯的美食。

盛夏出遊，酷熱乾渴，礦泉水雖然解渴，總覺少了一味。我發現小曹忙得像工蜂，嗡嗡嗡，到處停，隨身背包中拿出香椿茶、綠茶包，分送大家調製冷泡茶。上下石鐘山，有人腳痛磨出水泡，小曹立刻眼尖自小背包中掏出便利繃帶、小藥膏，可說手到擒來。老天，他的帆布背包中怎能塞進那麼多的東西？尤其，長途車無聊時，帆布包裡又生出了餅乾、瓜籽。

一個人要求心思的完整，可真是不容易！它不只是需要與生俱來的井然有序感，更要無時無刻在生活體驗中學習！

「軍人本色，小CASE。」小曹操著湖南音說。

行程中，我也發現：「小曹」真的是「小曹」。三疊泉三千多級台階，直下谿谷。儘管美景不勝讚嘆，每個人還是免不了唉喲自己的大腿痛小腿痠，就在此時，有人問「小曹」呢？怎麼沒看到「小曹」？領隊說：小曹早已到最前頭了。

唉！雖然還不知道小曹究竟幾歲，但是，千萬不能輸給小曹呀！

這一天，要攀登三清山了。千多級台階外加蜿蜒棧道，彎彎曲曲的峽谷、雲梯，令很多人卻步害怕。可是，我們這一團，「放棄」兩字，實在不能說出口，因為，盤旋向上的窄路上，小曹戴的那頂螢光綠黃帽子，在叢嶺峻岩中滿山閃亮。來到南清園的路上，一位白髮威儀的遊客，被很多人護擁，呼嘯，直誇健朗、「好樣」。聽說是上海美術院院長。

輸人不輸陣。遙指著那一馬當先的身影，那睥視昂藏的鷹眼架式。好朋友推舉小曹應戰，小曹身骨硬朗，談笑風生，一頭棕褐頭髮。

「小曹？」院長疑惑。

「敝姓曹，我叫他們喊我『小曹』」，「心靈年輕」。

「八十八歲？」

真的是八十八歲？

護照給你看！

小曹越來越有名聲，幾乎已成了景點之一了。一行人遊仙水岩、龍虎山，下了遊船時，特別有很多他團的人喘吁吁的跟來，「請問哪一位是『小曹啊！』」；「哎呀，怎麼這麼年輕，看不出，看不出！」「你們台灣真是行耶！」

哇，小曹可以當成宣傳品了，最後就連台灣團的團員也紛紛來湊一腳。竟有人前來詢問小曹是誰，能否指點？小曹成了偶像，拍照的、驚訝的、佩服的，沒想到小曹熱紅了臉。

小曹，真的是八十八歲。我們很喜歡他，不是因為一路上他的健步如飛，一路上他的細心體貼；而是他的樂觀好脾氣，以及他的年老哲學。他說：人老不可以倚老賣老，人老不可以唉聲歎氣；老，要更懂得熱心是福，更懂得吃虧是福。

當然，我們也很想知道小曹的保養術。「哪有什麼保養術？喝開水，絕不喝飲料；不貪食，不貪冰冷。還有多關心別人，忘了自己。」「記得，要叫我小曹」。小曹，絕對是要忘了自己的「老」啊。「對！對！我忘了年紀囉。」

十三天的旅遊結束了，小曹買了很多玩具，他說：我這個爺爺要帶些禮物回家給孫子。哈哈！「爺爺」兩字，可讓小曹瞬間是老一輩人了。我有點得意。

「我叫小曹，記得。」厲害，一眼就看出我的心事，不愧是小曹啊！

在機場告別時，小曹特別跟我說：「相信自己會健康，就會活得硬朗。」我用力點點頭。

罹患癌症後，我首次獨自旅行，我要爭取很多機會擁抱世界，我也要樂觀而堅定的向「小曹」學習——不管如何都要活得有熱情，甚至老得有活力。

卷二

春天的拜訪
——山東安丘高瀅書畫院

前緣

「高瀅書畫院」位在山東安丘。

拜訪「高瀅書畫院」，去到山東安丘小住，是我生命中一段奇異難得的旅程；也是我生命中一段與春天同住的歲月。

住進高瀅書畫院。這是行前早已知道的事，多次聽聞師母談道書畫院的鄉野自然氣息，也聽聞師母談道書畫院的寬敞與靜謐，以及書畫院王館長的好客和熱情。

果然，跨進書畫院的大前門，就是一塊大空地，方長平坦，鋪了水泥。依稀可以聯想農村裡曬曬大麥，曬曬花生……，而幾隻公雞昂首穿梭的曬穀場；或可以是竹林七賢的曬曬書畫，曬曬收藏。有趣的是，空地兩旁的土地，沒有規畫，隨興的種了許多花樹，花樹下還茂生著叢叢小油菜。

不過，我也發現書畫院的側邊走道，兩旁有著多株的紫藤，伸延的枝蔓，已交織成一片可以灑落陽光的天幕。四月天氣，一日晴暖過一日，早晨的陽光透過細密的藤隙，變幻成一絲絲亮眼的金線。

這真的是充滿自然氣息的院落。春天的晨霧，包圍整個四野，從書畫院的院落前，一畝畝田地青蒼蒼，直綠到遠遠的大路邊。我直覺想起唐朝詩人王維曾在山野中給好友裴迪一封信：「草木蔓發，春山可望，露濕青皋，麥隴朝雊……。」

這才是我一直嚮往的：結合「休閒」和「發現」的一種旅行生活。我站在灼灼夭夭的桃花樹下，像登徒子那般，瞪着桃花粉嫩嫩透著緋艷的臉兒直瞧；站在梨花樹下，任簌簌花瓣落在頭上、臉上，像跟陽光索取胭脂般的貪婪。還有，像小學生上自然課般的蹲著瞧，低頭看，只因書畫院近門廳處，新植來的牡丹和芍藥；只因為初春時日，牡丹和芍藥開始竄高伸枝，展葉長芽，是剛睜開眼睛的嬰兒，惹得我忘神；當然更有著疑慮時，下樓來就近觀察，再反奔回樓上繼續塗鴉的豁然開朗。

書畫院速寫

所以，我一大早起來了，就在書畫院的二樓畫室裡作早課。安靜的早上，雞啼聲中，鋪開紙張的那一瞬間，我常恍惚以為自己已經是一個大畫家。

我實在很厚臉皮，自己怎麼會已經是一個大畫家了呢？大畫家是高瀅師啊！書畫院中設置有一大一小的兩間畫室，雖然我總是喜歡趁著早晨，「霸佔」老師的小畫室，想要分潤一點老師作畫的精神。但是，充其量，我仍尚是藝術海洋中一個沙灘上揀貝殼的小孩而已。不過，耳濡目染，景行行止，就在書畫院裡，就在小畫室中，我體知老師對於繪畫的志業，感知老師自期的神聖和使命，而投入的全生命，同時，也就在這裡，我可以聽到老師說的「很多話」。

我曾聽老師說：「『高瀅書畫院』是永久性的一個院落，永遠歡迎喜歡或嚮往藝術的朋友前來；大畫室更開放給藝術朋友使用，大家觀摩、切磋，以畫會友。」我感動老師說這話語時的真誠，就我自己的體知，不論繪畫或生活，高瀅師始終都是淡泊和寬厚的。

至於藝術創作，高瀅師一生的信仰是**「愛」**、**「真」**、**「力」**與**「美」**，這四個理想，融合在他的作品裡，融合在他的精神裡：最莊嚴的「愛」、最真實的「美」，最感人的「力」，以及最精誠的創作態度**「真」**。

就拿院中側邊門前的紫藤，幾次走在蜷結翻揚的長藤下，都能鮮明的直覺：這就是老師筆下百餘幅的紫藤原貌啊！這麼一大片的藤架，多奢華的春宴啊！小小一段藤蔓上，竟有數十枚像粉嫩手指的透明花苞，而過了穀雨，不就開成瀑布嘩啦啦的奔瀉下來的嗎？難怪老師說：畫紫藤，要畫出一串串依偎的感覺，心中還要有春風吹拂的情意。

陽光一片片的，紛紛飛上畫室的大窗上。安靜的早晨，我像小學生得大教授指導般，真是獲益良多。

幸福的是，書畫院中的大畫室裡，就陳列著老師的一幅小全開的紫藤，從庭院中來到畫幅前，端詳著畫面，審視著布局，思索著老師的叮囑，除讚嘆老師掌握主題意象和精神的能力外，似乎也有些願力，自己也要認真下筆習作了。

也許，因為居住多日，清閒中，我終於找到欣賞這書畫院中的珍藏品的最好方法。就是：先觀察自然，再領會創作。於是，騎著單車，村中四處閒逛：農家野地裡毫無修剪的玫瑰，一株挨著一株，成白色春雪的梨花，以及怒放得近乎囂張的紫荊……。遊罷後，再度觀看老師的作品，更容易感染到作品中一種視聽上本然的顫動，感受所有的筆墨流瀉為活潑的氣貌。尤其大廳正上樓梯面及樓梯兩邊高牆上的巨幅畫作：丈二寬六尺長的玫瑰，和丈二長和六尺寬的牡丹，都呈現自然的雍容和富麗的溫柔，古人說「如在圖畫中」，就是這種情境吧。尤其，創作者心有丘壑園林勝景，僅管筆下草木花卉，也能見山林手姿。

畫作品賞

清清朗朗的藝術感知，藉著真誠的直覺而鋪陳創作。由於整個書畫院，房舍部份就有六百坪，可以很寬裕的懸掛及存放各式作品，除了高瀅師的許多難得一見的巨幅作品，還有他人生歷程上激越感觸下的意興之作，和一系列四君子等的小品寫趣。

由於我不夠聰敏，整個畫院中數百張珍藏的畫作，我無法奢求一次瀏覽，就能留下深刻印象。於是，我想到分成幾個部分來觀摩和欣賞。老師的巨幅大畫，架構簡單，卻剖白了他愛美的心靈，和萬物情人遇合之後，所產生的種種感應。我覺得巨幅大畫，表露出的是老師的敏銳性與穿透性，因此呈現在筆下的美景，彷彿一個大花園。至於小品畫作，畫幅較小，表達純簡，感覺是稚子般的神情，也如是唐朝詩人的樂府，宋朝詩人的絕句。

記得在台北時，曾和一位朋友談說起高老師的畫幅。我跟朋友說老師的畫幅結構簡單，單純的大朵的花卉而已；但是，奇妙的單純，就足夠細看耐看了，靜物的恬香，花卉的生動，故鄉的懷戀，全部都有了。站在畫幅前，整個人就墜入了花朵的魔力裡。可以整天就盯著那一朵花瞧，心中波動起層層漣漪的相思和情誼。

我不是畫家，而且畫齡淺少，實在沒有資格來論述高瀅師的作品。我只是喜歡以閱讀文學的心情和態度來觀賞老師的畫作。老師的大幅畫作，我視作李白的古體詩，磅礡奔放，情韻飽滿，可以反覆高聲朗讀。而老師的意興之作，更可以如詩詞般咀嚼，比方有一幅斗方大小的蘭草圖：簡單幾筆粗獷石頭，瀟灑幾抹蘭葉，空白處則以行草落款：「良友相聚／滿室生香／蘭石為友／闔宅安康」。我以樂府詩來「悅讀」整幅畫，不知不覺進入一種深遠的境界，希望自己能永遠徜徉。還比如一幅全開的墨竹圖，純然的水墨，卻能感受一片青翠之色，葉葉在風中昂揚。畫幅落款則更富情誼：「霸王溝西三教堂／蕭蕭竹風依舊新」。臥聽蕭蕭竹，一枝一葉總關情。而那一晚，我在小畫室裡讀《桐陰論畫》，書中談到畫竹要「筆情古意，思致淵雅。」「涉筆高妙，由乎人品。」，竟然格外能悟領其中的意涵。

老師也曾說：古人追崇三不朽：「立德、立功、立言。畫家作畫亦是立言。」老師把創作放置於不朽的高度上，所以對於這書畫院也如此期許，不忮不求，只在薪火承傳。籌備多年，於二〇〇八年四月十三日正式揭幕，太老師徐一飛大師特別組成一畫家參訪團，從臺灣台北前來，給予書畫院很多指導和鼓勵。

我相信善美的創作都是不朽的，而這一處書畫院也會是不朽的。雖然院中以高瀅師的畫作為多，但是仍有不少藝壇大師及新秀的作品，比如徐一飛大師的齡蘭圖、梁妗嬌師的山水、陳振中師的蒼鷹兀立、任墨蓉的松梅、何雪輝的一團和氣，還有洪麗華的六長條蘇軾赤壁賦書法作品。藝術界前輩的優秀作品，都陳列館中，珍惜收藏也適當展出，尤其院中備有畫家及作品的簡介卡，置放於每一作品的右下角，更有助於觀賞者對畫家及畫作的欣賞及了解。

書畫院開幕的當天，來了許多兩岸的嘉賓，我也聽得許多畫家對「高瀅書畫院」的羨慕。怎麼能找到這麼好的地方？怎麼有這麼寬闊的建築？這麼多熱心的護守人？書畫院的成立，能座落於三教堂村，因為家鄉親友提供了現有的館舍，尤其負責行政兼管理的館長王瑞安先生出力最多，而高瀅師的堂弟、子侄也多所襄助，不時前來院中駐守及整理。三教堂村，是一個非常純樸自然且富人情味的鄉鎮，曾經一處供奉儒家孔子、道家老子莊子、武聖關公和佛祖釋迦的所在，也為整個村鎮的中心。我曾經騎了單車，在村鎮中探訪，去到霸王溝，去到汶水橋旁，去到大槐樹下，去到人家庭院，也來到這三教堂的遺址，忘路遠近，任意東西，彷彿是歸來自己的家鄉般的自在與隨興。

晨間散步，沿著馬路向田畝中走去，幾次蹲在土堆邊盯著小麥的根葉看，分享著每一日誕生的光榮。未有眠意，很涼了的山夜，就到老師的畫桌前寫書法，整個村落像一幅潑墨山水。我喜歡這樣的很農村莊稼式的閒暇生活，簡單的住宿，讓我的心情更單純，更能集中歡喜，領受天象的遞嬗和藝術的濡染。

三月裡來迎春花兒開，迎春花開人人愛，長長枝條千萬朵金黃色的迎春花，是流星列著隊伍滑向大地。宋朝詩人說：若到江南趕上春，千萬和春住。嗄！我不必趕路，我根本住在春天裡了。而且我應該不僅僅是來看春天的，也是來在春天中精進的。

而把我帶來這裡的，讓我來到山東安丘小住，讓我的生命中有一段與春天同住的永恆歲月，則是無比美麗的嚮往和承傳——「高瀅書畫院」。

・備註：「高瀅書畫院」很歡迎大家去參訪及小住，上高瀅網站即可詢問。

院中收藏畫作。

春晨書畫院落，寧靜的如水墨畫。

院中花樹繽紛。

盛夏的尋幽
——廬山三疊泉

我個人認為：七月，是遊大山觀巨林看瀑布的最佳月份。溽熱盛夏，林木茂長，水勢沛然，看三疊泉也如是，從各地蜂擁而至的遊客前往廬山，熱鬧成高峰季節，眾樂樂，更是趣味。

廬山五老峰後，有瀑布兩次飛瀉於大盤石上，折而復聚，形成三疊，活脫脫是個絕世美人。北方有佳人，遺世而獨立，一顧傾人城，再顧傾人國。這佳人賦用來形容三疊泉，一點也不過分。

李白的遺憾

我們在七月盛夏進入這樣的廬山區域。幾個日子的午後大雨，山林裡定有著更蓊鬱的變化。我一向相信大自然的美麗日日不同。

愛遊山玩水，寫了「問余何意棲碧山」的李白，當年他隱居在不遠處的九疊屏，卻可惜沒能發現並一睹三疊泉的驚人之美。朱熹任白鹿洞書院院長時，聽聞三疊泉之美，更卻苦於年老多病不能前往，只能天天對著一方三疊泉畫幅，想像著那瀑布的聲勢。

我們從含鄱口前一個茶園進入三疊泉區域的，雖說是已入三疊泉區域，但是三疊泉的範圍大得很，至少有十幾座山等待翻躍，幸好三疊泉有軌電纜車載送了我們平坦的第一段路。

三疊泉電纜車是一種輕軌的觀光火車，類似台灣的阿里山森林小火車，一路翻山越嶺，依傍危岩峭壁奔馳，多半路段高山疊嶂，左右夾著筆直聳立的岩石，電纜車緊緊擠在中間；間些路段空隆之聲帶來深谷溪澗，雜樹生花的郊野趣味。

六分鐘，好個剎那，電纜車有翼，滿足了一點急迫的玩心。

未到三疊泉，不算廬山客

但是，別以為馬上可看到三疊泉了，聽得路人有識途老馬的攝影玩家說才正要開始下絕壁上懸梯而已，不落腳程的話，正午時候可以到達。我看一看手錶，還要三小時多的腳程哩。

「未到三疊泉，不算廬山客」。推想而知，去到三疊泉的道路不會好走。石階陡若懸梯，俯首下望，便是深谷，而一邊竟是巉岩，有些路段山泉汩汩流出，不免濕滑，放慢放緩腳步，觸扶粗礪的山壁，微微的刺痛，那般真實。

翻山越嶺，沿著崎嶇的河床行進。

我想起揚萬里寫的詞，說：**青山欲共高人語，聯翩萬馬來無數**。山勢聯翩而來，絡繹不絕，萬山奔騰啊！詩人早就預告了未來。

幸好，進入峽道，踏碟一千多個石階後，發現一縷銀色水瀑了。

「二疊泉。」路邊坐著的一個店家說。

有遊客高呼，有遊客氣喘吁吁。

先到了二疊泉。

二疊泉深藏在四面連綿山岩中，柳葉眉般，銀亮美麗的眼眸，亮起群山的一片暗黝。再看看山岩的節理摺皺，刀鑿斧銼，簡直驚訝自己踏入的深壑絕谷了。

難怪腳力有些巍顫，難怪步履有些蹣跚，難怪有孩子撒嬌要背抱，因為還要再上上下下一千七百多個窄而滑的石階，走過錯落巨石的懸崖低谷邊，才能到達三疊泉的石榴裙邊下。

從早上七點多出門，而這一刻約摸十一點鐘了，終於聽到嘩啦啦的水與岩石的說話聲了。高可矗天，石色如鐵的大月山，細白的泉水湧出自他寬闊厚實的胸膛。黛黯的山巖壁上，掛起一條銀亮的墜練，陽光下泛著淡紫的暉光。

嫵媚神貌裊裊垂練

看到三疊泉了，從繁繁密密的眾樹上空望過去，三疊泉嫵媚的神貌出現了。幾株枝柯，是額前的飄髮。啊！真是三疊泉。

峽谷很深，水自大月山下，由五老峰北崖口懸注大盤石上。巨大的岩面和盤根錯節的老樹，襯托出三疊泉婉約秀美。

由於初始的這一段，裊裊如垂練，然後激散於石，散飛成珠，珠彩霰飛。

由於盛夏，四處反映著強光，但也倍增了山林郁秀和山岩嶮絕。我們再走下一段石階，更清晰看見瀑布飛翔而下。

彎曲著某種弧度，又自信的定點垂落而再挺直，下躍和揚上，飛，聚。然後這第三段的瀑布，它們又匯成巨幅白絹銀綢，颯颯飄搖。瀑尾帶些水花，潑灑給貼近它的頑皮遊人，也撒落了滿谷激流。

這一個正午，我不止一回或十數回的，仰望群群水珠沿危巖邊緣振飛的神情：紛亂中有秩序地散開和迴旋的姿態，充斥著力量的冷靜和肅穆，徐徐有韻律地越過每一對激越的視野。

時空停滯了，三疊泉定住了每一雙腳，每一對眼。

映著正午照射的陽光，三疊泉以另一種水晶般的透明，鑲嵌在長長絕壁上，成點成面成柱，尤其簌簌水聲彈扣，聽入心底，呼吸之間，竟也變得瀅澈。

由於百看不厭，所以我還想要多方整個看盡。退一步再仰望，沒想到，換個角度仰視，三疊泉瀑布又彷彿放射狀一般地奔散至附近山岩，任意展露瀟灑。

人，為什麼不能這樣呢？上善若水，以水為師。

也許，正因為人身不可能，所以更羨慕瀑布，更愛賞瀑布。或者說是人身先修煉成瀑布這樣的透明，隨心所欲不踰矩，才能真正灑脫。

好像一種尋找青鳥的情緒，身體要隨著那有生命的瀑布探險，瀑布成潭，潭邊巨大的落石，匯聚成一連串深綠色的池潭，有許多年輕遊客從此登上店家招攬開航泛舟，我好奇的，密密山巖中不知他們能從哪一處迴轉的山谷中奔奪出去？

清標大哥說：看到三疊泉就心滿意足了。刺激的行程留給年輕世代吧！

於是在一處石堆上，我翻閱昨夜預覽的紀遊筆記：「其勢遇石凡三跌，從高而下，上級如飄雲拖練，中級如碎石摧冰，下級如玉龍走潭，散珠噴雪。」記述真確，我眼睛所見真是千百年的美景啊！

今日方知至味全

走過觀賞亭，峽谷旁盤坐蒼穹的五老

右　瞻賞瀑布親撫瀑水真是盛夏尋幽。

中　水勢三疊跳躍而來。

左　三疊泉旁的諸峰諸谷，犖犖層層，頗有巨獸護守之姿！

峰，回身過那一逕的來時路，嘴角微微向上翹成弧形，現出心滿意足的微笑。不停的攀山越谷，也實在感到值得。

要出三疊泉的泉腳下了，溪水銀絹似的仍潺湲遠來。屬於世界級的地質公園——廬山，諸峰諸谷，犖犖層層，還有很長的山路哩！

九疊峰頭一道泉，分明來去與雲連；
幾人競裳飛流勝，今日方知至味全。

有水皆飛泉，有泉咸澄潭，三疊泉令人遙想勝過佳人，詩人，真個是寫出愛慕者的心情了。

千年詩心
——秀峰香爐瀑布

李白的世界

一登上秀峰索道，我的思緒就只存在簡單的歡喜，靜止在松樹水聲，靜止在李白的世界。

什麼是「李白的世界」？

我不會說明，也不知道怎樣說明。

其實，這一趟盛夏江西行，幾乎可以說是詩文中場景的追尋和體會，處處是詩的世界，李白的世界。

我常常揣度：李白究竟是怎樣的一個人？他的胸腹中究竟蘊涵多少詩文？怎麼會有這樣一個斗酒詩百篇的人？游山玩水酬歲月究竟怎樣營生？而如果沒有李白，秀峰的開元瀑布之美，什麼時候才能得稱世人？……

李白著名的〈望廬山瀑布〉詩兩首，一首是許多人耳熟能詳的：

日照香爐生紫煙，遙看瀑布挂前川；
飛流直下三千尺，疑是銀河落九天。

另一首，因為是古體長詩，不易朗讀，但是確實磅礴：

西登香爐峰，南見瀑布水；
挂流三百丈，噴壑數十里。
欻如飛電來，隱若白虹起；
初驚河漢落，半灑雲天裡。
仰觀勢轉雄，壯哉造化功！
海風吹不斷，江月照還空。

空中亂潨射，左右洗青壁；
飛珠散輕霞，流墨沸穹石。
而我遊名山，對之心益閒；
無論漱瓊液，且得洗塵顏。
但諧宿所好，永願辭人間。

而我，現在就要開始真實尋著李白的詩文了，怎能不有簡單的歡喜？

秀峰索道直上青天

踏上廬山秀峰，從午後的炎熱中開始，汗水滴落衣領，卻也驅走人聲的沸騰，偌大的山林，因而靜謐空闊。陽光灑落南唐中主李璟曾築臺讀書處，灑落古遠開元寺的斷垣遺蹟，閱讀了米芾「第一山」的迭宕，閱讀了千年蘿漢松的法喜。行過一逕的岩壁和綠林，我們坐上秀峰索道。

設定好的纜繩，直向香爐峰朝聖而去。峰，形像香爐，不時有微雨霧起的廬山天氣裡，煙氳裊裊，更是活脫。然而，今日陽光晶亮，不見氤暈，香爐面目盡現，有另一番見真吾的趣味。

英昭坐我的右邊，我們指指點點的認著一路的山岩和峰巒。

「山稜逼直，像寶劍吧！」

「那大概是寶劍鋒。」

「說不定是文殊峰。」

哈，哪有那麼大的福氣能指認出來的呢？我們凝視著迎面而來的山巒，如見美人般的痴心，事實上早就有詩人以美人的「玉簪螺髻」來形容群山的。

坐在半空中，我是很想體會李白當年來到這群山中的腳程。忖度這索道下的一線土徑，該是一條亙古的登山道吧，觸目皆是松海樹林，一伸手可以觸碰在山谷中的松枝或樹杪，簇簇嫩綠透著胭紅的新葉。

然而今日的我，直上山峰，綠林雜樹，立岩成屏，山山水聲。龍潭瀑在後，馬尾東瀑在隱約中，悠悠自己步調的纜車即將送載我們到臨黃岩瀑……李白的廬山瀑前。

出現了！

一股水勢傾洩而下，淙淙不絕，無阻攔的飛躍而下。

瀑布！黃岩瀑。最初最原始最激動的感覺，那麼熟稔而又那麼陌生。

虎劈皴法的山壁，抹上淡藍及過多水漬的墨色，接著換以石綠的點捺法為樹，構造整個舞台。黃岩瀑布是舞台上的唯一高音，因跳躍而有水花翻白。

沿著靜寂的索道，逼臨。事實上，那是某種莊嚴的一刻，我無法度量。那瀑布下凡於人間的高度，一匹白騰騰的奔流，像巨大無形又約略可見的花朵般，一層層朝外開展。

一株荷開得瀟灑。
日日洗濯，時光靜靜相伴，歲月溫好。

水自天上的哪兒來

英昭這時，忽地一說：「這樣看瀑布，景色好美。」乘風好去，長空萬里，直下看山河。英昭一向不喜多話的，可是這話說得正好。如果千年前，也有這樣的傑克魔豆的細藤，不知李白又能多寫出怎樣的詩篇？尤其，不止是遠眺瀑布，而又能尋找它的源頭。瀑布為什麼不會乾涸啊？它的水來自天上的哪兒？

一般來說，我熱愛以步履換來的人生體驗，但是生命也能變通，纜車為我架起生命的另一種高度，而我正以這高度拓展我的雙眼和心靈。當然，我知道這瀑布之讓我追求，實因自然與人文的相乘。廬山中還有其他可多的瀑布啊。

而神妙的，生活中從來不曾想望的，我還能來一探這瀑布的源頭。

看著這千山裡的瀑布，看著那直掛前川的水花，我私自認為這瀑布像一面鏡子，映照李白的廬山草廬，映照李白風塵僕僕的臉。詩人的滿腹才華，聖明只消有一點如陽光映照的青睞，詩人的霞暉更能是天地的燦爛。

銀河落九天，文字呈現的不過是心靈的符號。詩人任興所趨，盡情地訴說自己生命的美麗、信心和渴望，全然一如這水瀑，鳳凰翻飛於天空的高度。

水自天上銀河來

瀑布的源頭，隱藏在細密林子裡，構成某種程度心靈上的秘密。必須從山崚線上進入一片猗猗竹林子，才能看清源頭的一點眼眉。這樣走去，顯然感覺那源頭像極永遠揭不盡的一則秘密，要人費心去看，越過山脊越過林子才能揭開簾幕。而這樣的曲折和豁然，又多麼像是李白的詩文，尋常場景卻下筆不凡，詩情畫意別見一番豪邁。

都是涓涓細流，都是從各個岩隙、樹根分歧流到腳前來，流匯成一個清澈的潭子。原來，那是香爐峰瀑布的源頭。好像有一隻寶瓶，就藏在一片林子裡；像一枚小小的秘密，就藏在重衣胸肌的心裡。

「相看兩不厭，唯有敬亭山。」「而我遊名山，對之心益閑。」詩是詩人的情話。情人間每句對話都是心意的照見，寫這些詩文的時候，詩人定也肺腑赤忱，每句話都出自生命，出自生命對生命的愛。即使百丈山下須得仰望，但是內心的豐富景致和恬靜安定，定也如這瀑布般，有源頭活水，青蔥翠綠。

再坐上高空索道時，黃昏，要下山了。

導遊說廬山之美盡在秀峰，峽秀谷秀水秀瀑秀，這是事實。

從纜車上，遠處隱隱鄱陽湖橫黛，稍近處鄱陽盆地黃綠分明，九江市、湖口市在望；上有蔚藍的天空，下有整齊的田疇舍墓，阡陌湖州縱橫有序，陶淵明種豆南山下的志趣在此，李白的香爐峰在眼前，而蘇東坡也來過了。

這樣的山水裡，處處都有動人的故事、感人的詩文，每回味一遍都是心靈的滋潤。

再度走過月印龍潭的拱門，兩壁上：「**千岩競秀萬壑爭流**」，美好山河孕育了千古詩人，「日照香爐生紫煙」，「採菊東籬下，悠然見南山。」詩人，這樣幾句，也留給我們千年文化的浪漫，讓廬山真正留下在我們心底深刻的美。源頭不絕的瀑泉，我們應該也有我們這一代留下的悲喜歡欣和思潮風骨吧？

然而，我們要留給子孫怎樣的人文遺產呢？廬山瀑布華華水聲啊，你能告訴我們一點清音嗎？

上　　瀑布之水銀河來。

左　　廬山秀峰香爐瀑布。

右上　發揮想像力的香爐峯。

右下　從纜車上俯瞰廬山山腳，想像陶淵明躬耕情景。

四月桃花大林寺
——廬山花徑公園

大林寺桃花　白居易

人間四月芳菲盡，山寺桃花始盛開。
長恨春歸無覓處，不知轉入此山中。

出南昌，蜿蜒北行，進入廬山西麓。

平敞的大馬路，引領我們向叢山的高處行去。看到一泓如琴般優雅的如琴湖，沿湖走過一座石橋，就到了我們熟悉的、早已讀過百來回的白居易吟詠的「大林寺」。據說大林寺掩映在西谷深處。古寺，建於晉代，開寺的和尚法名曇詵（ㄕㄣ），因為寺院周圍都是蒼松翠柏，所以叫做大林寺。

剛用過了廬山宴美食，有些酒醉飯飽，走在山風吹拂中，白居易的花徑公園已敞開了大門。

不慌不急，放慢腳步，是遊廬山的妙法。廬山特有的沁涼，即使溽暑盛夏，也有一種舒暢，更別說遇見詩人在春天的桃花詩，滿心的浪漫。環看四周，奇峰迤邐，翠林環繞，人行湖光山色中，樂趣盎然。

平地桃花是陽春二月開放，紅豔豔，如彩球般，但是廬山山地高度約一千五百公尺左右，四月份，山寺中的桃花才開始盛開。根據後人的考證：白居易大概是在元和十二年（西元八一七年），曾經來到此地，就在寺南的「花徑」上徘徊，遭貶

花徑公園內的白居易草堂。

謫的詩人，那盛開的粉豔，定是給了他些許溫馨，韶華不怕紅顏老，唯能得有安慰的未來，至少春天來了，新生的大地帶來新的氣象。也許該說，大林寺有幸得遇詩人，所以雖隔一千一百多年，而大林寺的盛名，仍然能夠流傳不衰，因為，廬山上，更勝花徑公園的地方可還多呢！

由於知道花徑公園裡尚有白居易草堂，我們的時間安排十分充裕，徑道旁，柏樹郁郁，草堂門前有小橋流水，流水潺潺，荷葉田田，循著溪湖，繞上一圈，少了江州司馬的抑鬱，卻真有世外的寧靜悠閒。誠如如琴溪畔的山石上，刻有的明代的著名石刻「可聽」、「如琴」等字，沁涼的風如琴，我的心情可聽。尤其，放心放心，慢慢的隨時聽聽自己內在的聲音，

花徑公園前之琴湖。

這正是我愛看山觀水的原因。

尤其，臨出花徑公園，一路柏樹超拔，陽光隱翳，樹下土地格外鬆軟。白居易經常在此散步嗎？心中念念京城，深覺何種抑鬱委屈呢？……我忍不住臆想起來。唉，人生的如意與否，真不是自己能夠掌握經營的，得之，我幸；不得，我命，真要自己能夠排解，自己要會尋找生命的快樂之方。

聽說大林寺院裡尚有許多古代遺蹟，歷代的銅刻、石刻等古碑以外，還有影印的宋沙磧本藏經，以及宋馬遠的山水畫，都是寶物啊！可惜我們找不到寶藏的地方，無緣觀賞。

那麼，就留著點遺憾吧，表示我們還有未盡之緣，下次還要再來呢！

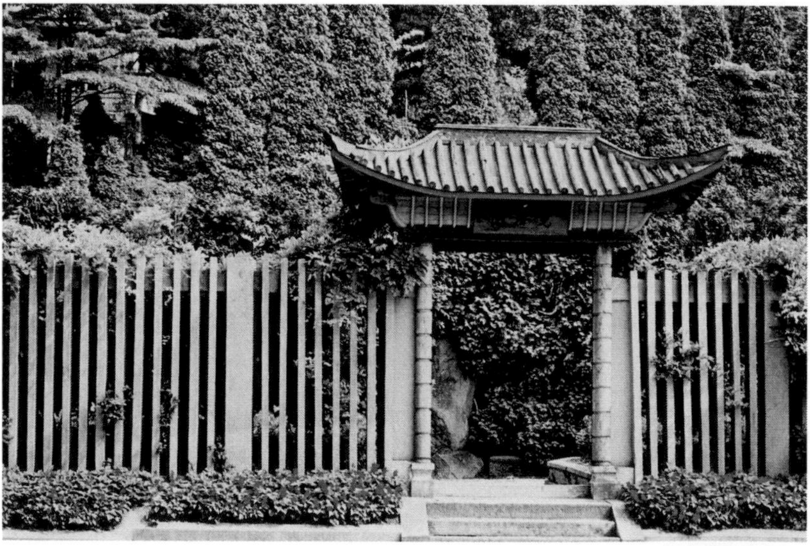

公園內之覓春園。

江州司馬青衫溼

——潯陽樓

潯陽樓就在長江邊。

不是潯陽江頭夜送客嗎？

長江流經江西九江的這一段，古來就有另一個好聽的名字——「潯陽江」。九江的現代化，最高摩天輪，都不及潯陽江給我的遐思，不及潯陽樓就在長江邊，來得讓我們雀躍。

雖然，潯陽樓沒有滕王閣的宏偉壯闊，鎏金畫檐，但是朱漆柱樑，雕花設屏，小巧典雅。

尤其，江州司馬青衫濕，人間有幾回那樣的故事？

颯颯風裡說故事

一段怎樣的故事？

來，聽我細說書。

夜深濃了，寒露凝重，颯颯風裡，蘆荻搖曳格外蕭索。

「唉！過去詩人說『樹索索而搖枝。』又怎敵得我這潯陽秋夜的寂寥。數杯水酒，也徒增遠謫別離的愁緒罷了。」

闃靜的夜，是誰有這樣的愁怨？每一聲輕喟，都似撩撥過重重心湖霧靄。

真的，是誰呢？

舟船中座首位的頎長、儒雅男子，該正是遭謫來此的白居易吧！政治上的升沉，也使自己人生路途迭遭逆境！人生沒有幾件事是自己可以左右的，更何況是仕途宦旅！

「只是好友相聚不易，相別也不易！喝吧！飲盡這一杯水酒，即使沒有相送的歌聲；即使醉不成歡，終究是要分手告別了。」白居易悠悠說著，舉起酒杯，一飲而盡。他知道：這一夜，不捨的友情，又不知如何排解了。

「ㄉㄥ——ㄉㄥ—ㄉㄥ—」忽然，哪兒傳來的弦音啊？鏗鏘清寒！

「另一隻船中，有人彈琵琶！」有人驚喜。

眾人悄聲俱寂了。

是啊！琵琶聲哩！

尤其，白居易。他來到江州，已有多少日子沒有聽到絲竹之聲了。於是，他神往呆立了。直到一位朋友驚呼：

「聽，聽！還有『京都聲』呢！」

「何不請邀前來？是呀！試試無妨。」

就在眾人嘆賞、渴望中，船夫早已移船，近靠那不斷傳來琵琶樂曲的另一隻舟船了。

原來彈琵琶的，是一名少婦，本來是長安城裡的歌舞伎，曾經跟隨穆、曹二善才學琵琶，年老色衰，便委身為商人婦了。

由於，小船添酒、回燈重開宴，少婦在嚴肅矜持而有禮貌的態度下，和船中人款款細談著。

深秋裡，每一傾訴多麼似江邊的楓葉，惹人憐愛亦且自憐。

一面談著，少婦一面玩弄著手中的琵琶。她擰動著琵琶上纏繞了絲弦的軸。

「遇著大人，待我調音、定調後，彈奏幾曲。」

這，真是白居易最渴望的！

「數年前，白大人即有『聽歌六絕句』：『管急弦繁拍漸調，綠腰婉轉曲終頭。』白大人是知音呀！」

「能否有請——？」

少婦開始彈奏了。大弦小弦輕快流利，直似鶯語花底，多少婉轉情意。

白居易沉醉了。每一個弦音都按捺在他心上。「這該是未成曲調先有情吧，情意淪髓，否則怎能如此直切人心？」他再看看隔桌彈奏的少婦，低眉專注，左手手指按弦在柱，左右捻動，心神都在往事追憶裡。

白居易心動了。思慮如潮水，美好的往事，繁華京城，新綻桃花，多少快馬馳騁，意氣風發，隨著琵琶輕揚盡述。不過，白居易也感嘆了。「我空有一隻筆，無法述盡心中事，到底弦柱要勝過彩筆。鍾子期不就在琴聲裡了解伯牙，高山流水，鐘鼎山林，何曾需要一字一文的注解呢？」

白居易啞然了，但是，內心反而更湧動著一股情緒。

忽而，他眼睛頓然一熱，音樂也已旋至另一番境界了，指尖飛快，眉心緊蹙，根根粗弦，此刻正是急雨狂瀉。天風海雨，狂奔巨浪！是生命的危厄顛險？是才華的遭忌排擠？是宦途的誣陷乖譏？曲罷常教善才伏，妝成每被秋娘妒。歌舞伎本善妒，而其他人仕呢？何必說女子與小人唯難養，堂堂七尺如不善妒，自己又怎會淪落來此江州？

「元稹和我，都因才高且宦途平順，遭人忌妒吧？」

……

少婦繼續彈奏著，弦音沉重闇黯，似有訴不盡的人間不平。人間是不平的，所以才讓人更珍惜仗義直言的刎頸交吧？

於是，白居易想到了好友元稹。

白居易與元稹

自己是哪一年認識元稹的？

想一想，該是十四、五年前了。自己剛考取了進士。那一年冬天，再應吏部的考試，就因為賦詩而結識了元稹。

「元稹比我小七歲，氣宇清俊，言談間流露著智慧和才情，我這一生能結識元稹還有什麼可遺憾的！我們同年登科，巧著又都在中書省任校書郎，志同道合，有這樣的朋友是一生的福氣。」

想到這兒，白居易展顏有些開心了。尤其，他又想到有一次，元稹在閬州西寺，竟然公開展寫自己的詩！而自己呢，也像孩子崇拜偶像似的，更是把元稹的詩寫在屏風上。

好幾次他們就在一起談論詩歌。

「九郎你的田家詞『牛咩咩，田确确，旱塊敲牛蹄趵趵。』真是聞聲應響，傳神極了。」白居易道。

「怎及得上你的買花『一叢深色花，十戶中人賦』，真有警惕世人的意義哩！」元稹說。

「不，你的才情高。」白居易接著說：「尤其是『曾經滄海難為水，除卻巫山不是雲』，這一聯句一往情深，才真真令人嚮往。」

「也許吧！不過，我就學不到你的平易入微，寫到連老嫗都解的境地。」

他們經常討論寫詩的心情，然後互相讚賞，互相砥礪，就是題材相同，標題相同，他們也都能抒寫出個人不同見解的詩作。

「我們甚至相約日後結集時，也要用同樣的書名。那些日子怎能不教人懷念呀？」

回想到這兒，白居易不免暗笑自己，自己曾經以為就可以那般情景：寫詩、為官、輔弼君上，體恤蒼生的過一生。

「人的福禍又怎能預料？不僅福禍不知道，連正義、公正在哪也不能肯定，是不是呢？」

元稹不就因為自東川歸京的路上，在華陰敷水驛跟宦官劉士元起了衝突，宦官的無禮，據霸廳堂，元稹以禮相待，據理堅持，不料劉士元竟用馬鞭在元稹臉上抽了一鞭。宦官的踐踏讀書人尊嚴，魚肉百姓的生命，早已時有所聞，如今自己親受，為人臣有義務向皇上報告。

然而，誰能預料皇上不但沒有懲戒劉士元，反而把元稹貶為江陵府士曹參軍。悲哀的是朝中大臣竟也無人主持正義！於是，白居易三次上疏，但終於仍是無效。

「難道天下皆睡；我與元稹獨醒嗎？為什麼沒有不平者上疏？我不為元稹力諫，更待何人？」

可是，元稹還是遠放江陵去了。

想到這兒白居易又低吟出那首他痛心疾首的〈放言〉：

朝真暮偽何人辨？古往今來底事無。
但愛臧生能詐聖，可知甯子解佯愚；
草螢有耀終非火，荷露雖團豈是珠？
不取燔柴兼照乘，可憐光彩亦何殊。

在江陵期間，元稹的寂寞，唉！不正是此時的自己；元稹的大惑，不正是此時自己心中的大惑？人生透悟的路多遙遠哪！元稹〈放言〉詩裡表白了他的心境：

「死是老閑生也得，擬將何事奈吾何？」

「兩回左降須知命，數度登朝何處榮？」

宦途浪高風險，尤其，五年後，自己也為了宰相武元衡、御史中丞裴度遭人狙擊，上疏要求緝兇而遭毀謗。

如果，自己能昏昧一些，是不是比較幸福呢？

如果，自己能愚魯一些，是不是更易騰達呢？

可是，自己卻仍是義無反顧地，一次、一次……

白居易被貶官了。被貶至江州。

「是嘛！不是諫官，還要干預諫官的事，越權嘛！」

「寫什麼買花、看花、慈烏夜啼……，他最懂孝道，最懂恤民！自己母親在後花園裡看花墜井，還有心情寫〈新井〉、寫〈賞花詩〉。哼！」

「終於也被別人參奏一本了。呵！呵呵！」

唉！多少冤屈哩！詩人心神黯然。要奢望一顆明澄的心交會，是多麼不容易。

然而，他和這商人婦又是一次怎樣的相遇，能夠激盪怎樣的光芒？一個是名滿天下的詩人，一個是歷經人生絢爛而今淪落天涯的琵琶女子。兩人的一生有多少的相似處？

弦聲再起。

聽著、聽著，弦聲嗚咽，寒冰不暢！如是幽泉冰結，泉流沙下，冷澀至極。難道是人生苦澀的吶喊即是如此？難道人生真是悲嘆、苦難、離別多於歡悅、甜美、團聚？

遠謫江州，是遠離；稚子負笈他鄉，是遠離；浮梁買茶，不也是遠離？⋯⋯

⋯⋯

他永遠忘不了遠謫時，一個人沉默的上路，沒有親友送行的情景。黃昏時，他獨自站在江邊等船。船要先到襄陽，然後浮漢水，入長江，再東去九江。

漫長水途中，就是這樣深秋夜晚，一盞熒熒燈火，搖櫓撥水聲，更備覺遭際飄零。蕭索黑闃裡，詩人心潮洶湧澎湃，於是失眠的夜裡他賦詩給元稹：

「把君詩卷燈前讀，詩盡燈殘天未明；
眼痛滅燈猶暗坐，逆風吹浪打船聲。」

歌伎一曲一夜淚

那一夜的淒楚，今夜只因一商人婦的琵琶曲，再度襲上心頭。慘不成聲裡，再次地一弦一柱俱成風雨襲擊。

這是怎樣難忘的一次邂逅？

也許不久後又各自奔向不同的天涯。

「十三就學得琵琶成了？」

「是的！您，您就是白樂天白大人，寫『野火燒不盡，春風吹又生』的白大人。」

白居易微笑點頭。

於是白居易談起他剛滿十六歲那年，獨自到長安拜訪大詩人顧況的情景。那時，他帶著一卷詩稿，送到顧況的面前。顧況起初並未在意，以為只是個普通的初出茅廬的少年。看見詩卷上「居易」的名字，便開玩笑的說：

「長安物價昂貴，久『居』可不容『易』哦！」

然後顧況翻閱著白居易的詩稿，並示意他坐下。白居易靜坐一旁，以恭敬的眼光注視著眼前這位藹然的長者，那是他心儀的大詩人哩！

顧況，突然用喜悅和驚奇的口氣低低道：

離離原上草，一歲一枯榮；
野火燒不盡，春風吹又生。
遠芳侵古道，晴翠接荒城；
又送王孫去，萋萋滿別情。

「太好了，寫得太好了，用草來暗示別情，既有野草堅韌的性格，又能自然、具體。你有這樣的才華，天下都是你馳騁的地方了。」

許多往事談敘著。

白居易深覺出自己被貶以後的處境，和琵琶女「老大嫁作商人婦」以後的處境，真是有些類似，尤其琵琶女講到她自己「夢中啼哭，勻過脂粉的臉上夜夜帶著淚痕」時，他內心更是不能自已地悲嘆：

「同是天涯淪落人，相逢何必曾相識！」

「是的，同是天涯淪落人，相逢何必曾相識！」琵琶女更撥動了自己悲苦悽然的心弦了，她再一次彈奏起琵琶，那聲音更加淒苦感人，舟中的人再也忍不住，以至熱淚直流，溼透青衫。

夜暗中，江邊的山樹，低溼的人家燈火，疏疏落落消失在水煙中。

再見了。以後還能再相見嗎？

天涯同有淪落人，相逢便已是相識了，不是嗎？

潯陽江頭夜送客，楓葉荻花秋瑟瑟，
主人下馬客在船，舉酒欲飲無管弦；
醉不成歡慘將別，別時茫茫江浸月，

忽聞水上琵琶聲，主人忘歸客不發。
尋聲暗問彈者誰，琵琶聲停欲語遲，
移船相近邀相見，添酒回燈重開宴；
千呼萬喚始出來，猶抱琵琶半遮面，
轉軸撥弦三兩聲，未成曲調先有情。
弦弦掩抑聲聲思，似訴平生不得志，
低眉信手續續彈，說盡心中無限事；
輕攏慢撚抹復挑，初為霓裳後六么。
大弦嘈嘈如急雨，小弦切切如私語，
嘈嘈切切錯雜彈，大珠小珠落玉盤；
間關鶯語花底滑，幽咽流泉水下灘。
水泉冷澀弦凝絕，凝絕不通聲漸歇，
別有幽愁暗恨生，此時無聲勝有聲；
銀瓶乍破水漿迸；鐵騎突出刀槍鳴，
曲終收撥當心畫，四弦一聲如裂帛。
東船西舫悄無言，唯見江心秋月白，

沉吟放撥插弦中，整頓衣裳起斂容；
自言本是京城女，家在蝦蟆陵下住，
十三學得琵琶成，名屬教坊第一部。
……
座中泣下誰最多？江州司馬青衫濕。

右　俯瞰長江一隅。

左上　矗立長江邊上的潯陽樓。

左下　潯陽樓樓頭上有許多雕刻和掛鈴。

滕王閣偉宏而有王勃的千古佳文，潯陽樓，則是因為一位詩人和歌伎交會光芒，因一篇〈琵琶行〉而有佳名。於是，一九八八年仿古重建。

〈琵琶行〉千古一長詩；讀過〈琵琶行〉，潯陽樓，令人留連了。

天力雕塑的奇蹟
——鄱陽湖上石鐘山

大自然裡，本來就可以存在著不必求清楚的奧秘，猜不準弄不清，反而有趣味。

這奧秘，指的就是石鐘山。

有人說：長城是人力眾志的奇蹟；石鐘山是天力雕塑的奇蹟。

究竟是怎樣的奇蹟呢？

扼控長江與鄱陽湖口的石鐘山。

浩渺水面插空砥柱

我們的船——石鐘號，載著我們全團人沿著長江邊前行。隔著最適當的一段距離，我們可以很清楚的看到：石鐘山鎮守著長江和鄱陽湖的交會處，看到石鐘山面對著浩渺水面，山上高高的塔寺，直入天藍雲白中，被美稱「千古奇音的第一閣」；而山下，巨石山壁，插空砥柱，直入江底，而壁底洞隙，彷若巨斧直劈，漥痕甚多甚深。

《水經》是漢朝時所寫，其中就明白說著：「鄱陽湖口，有石鐘山。」

鄱陽湖的四周，到處都有美麗迷人的景物，這靠近湖口東面的石鐘山，面積不大，但是山上山下一片林木薈萃，綠意蓊蔥，尤其自古以來，頗有聲名。

石鐘山的由來說法不一，有的說水浪拍擊石壁，日夜迴音而得名；有的說整座山形狀似座鐘而得名。

正因為說法不一，都似乎有些道理，所以歷史上就牽連不少有名聲的人，留下不少有趣的逸事。

文人逸事硿硿作響

那個隱居白鹿洞的白鹿先生——李渤，放下經書，來了，在水邊找到兩塊石頭，敲敲聽聽，有的石頭發音模糊不清，有的石頭發音清高遠揚，而且還有餘波。可是，李渤認為他已經得到石鐘山命名的本意了。

蘇東坡送長子蘇邁去做縣尉前，竟先要看看石鐘的景致。寺裡的和尚教小童子拿了斧子，砍下幾塊亂石敲敲，硿硿作響。

蘇東坡哪會相信？

到了夜裡，月色明亮，蘇東坡的頑童心興發，決定暗夜摸索探險。他搭了小船，攜了蘇邁。看看邁兒，即將前往上饒府擔任縣尉，他相信這些年兒子的成長和歷練，對於如何為官，兒子比他沉穩，他沒有多大擔憂。看看兒子，心性體貼溫厚，他內心不少欣慰，自己有那麼好的兒子，夫復何求呢？

對於邁兒，他真有深深的驕傲和疼惜。

「落日有情還照坐，山青一點橫雲破。緩緩落日，也能解得人間最可貴的就是人與人之間那份真情。不然西下時刻，為何依然依依不捨的坐映天邊，不忍離去？天地萬物若都有情，我希望讓他知道，我願意世世和子由為手足，願意和家人共享天長地久。」

夕陽瀲豔，一片晴好。蘇軾又落入回想。其實，不是蘇軾愛回想，他要藉此多自省。

那一天的情景，蘇軾多麼的刻骨銘心。

梳洗罷了，他穿好朝服等待天明便要上署衙內去。調往湖州，轉眼即將滿三個月。天地之大，盡皆是桃源，做個好父母官，才是一生快樂。他心中暗想。正這樣自惕時，他聽得腳步聲自外奔來。竟是弟弟子由派來的專差。

「有人告你用文字訕謗君相，朝廷下令拘捕。」

「大概不打緊吧！」

蘇軾根本不知道自己罪名有何嚴重，也未加以奔走補救。

官差第二天便到了。官袍、高靴、劍杖、瞪眼……好一個懾人氣勢。遞上詔書，惡聲宣達：免去蘇軾官位，立刻押解進京。

蘇軾心中有些忐忑了。依禮跪接詔書，卻也試著要求：「臣知多方開罪朝廷，必屬死罪，請容歸家一別。」而官差應允後，蘇軾心中反而格外不安。

在全家大哭情況下，蘇軾由長子邁陪同前往京師。

那天的駭怕，真是刻骨。其後整經年的反覆審判，凶多吉少，沮喪之餘，他還曾給弟弟寫了兩首訣別詩。

幸虧因為一向惜才的太后提醒：蘇軾是「先帝遺愛之人」。神宗下詔寬釋，發落黃州，任團練副使。

蘇軾貶謫江南。

元豐三年正月，千家萬戶還沉醉在新年的歡樂裡，他，還是和長子邁先行離家，向著荒涼簡窳的黃州前去。踏出家門的心情是多麼惦念，多麼憂心。三年前的那一天是由任上押往京師，生死未卜。而這一次，他則是前往被貶之所。

一面回顧一面步出庭院。邁兒緊跟著。

蘇軾看看他那勤樸孝順的長子，心中一種複雜情懷油然而生。

「押往京師由邁兒陪同，這一次下黃州，天涯之遠，也由邁兒陪伴。如果，我的人生要注定乖舛、漂泊，我也要珍惜和家人相依共聚。如此好兒子，可見老天待我依舊福厚。」

「所以，我更應該有勇氣。」

蘇軾和長子邁一路向南行。家眷尚未到來前，他們父子還借住定惠院。

黃州，是蘇軾人生的另一個起點。

而漫長五年了，蘇軾又改派汝州。貶謫中，最深的眼眸，回到最冷的人間，他大悟出：榮華富貴是一種生活，簡陋平淡與大自然為伍也是一種生活。他一次次的的觀照省視，一次次的淘洗心性，過往尖銳嘲諷的聰明漸漸轉為曠達包容，沉澱敦厚。

「世事一場大夢。以後，可要以悠閒遠觀的心情看待。眼前大自然的森羅萬象，永遠是豐富可親的。」

蘇氏父子與石鐘山

有蘇邁的陪伴，蘇軾獨自和邁兒僱了小船來到陡立的山崖下。崖壁巉厲崚峻，白日裡看去堅壁清野，黑夜裡就如猛獸奇鬼，森然搏人了。同時，山中夜梟聽聞人聲，磔磔嘎叫，振翅撲飛，更備添驚懼。

不妨想像一下那場景，真有多麼嚇人。連船夫都嚇壞了。忽然，水下發出一陣大聲音，像鐘鼓鼕鼕響個不停。

蘇軾真的是蘇軾，他慢慢地研究，他發現原來山下都是石頭窟窿和縫罅，江水浪滔衝灌。因此，他笑著對邁兒說：「你知道命名的來源嗎？噹噹鼕鼕的聲音，正像古人的編鐘。」

於是，蘇東坡寫了一篇〈石鐘山記〉；石鐘山，也由此〈石鐘山記〉更加名傳遐邇。

有人曾經喟嘆：世間美景無盡，但是百分之一能進入歷史；千分之一能成為景觀；萬分之一能激發詩情。

石鐘山，何其有幸！

其實，我們也是衝著〈石鐘山記〉來遊石鐘山的。

從正門寬大的台階慢慢步行而上，偌大的一座人工大銅鐘鎮於前庭。依著平坦的路上行，半山腰上有一座半山亭，依山勢而建，亭後更有兩棟建築，一為紀念蘇軾的「懷蘇亭」，〈石鐘山記〉一文鏗鏘的刻印在亭中石碑上；另一為玲瓏精巧的紬園，走出園中艙廳，廳前就是面臨長江的懸崖峭壁，視野非常廣闊。

不知道蘇軾那時前來的石鐘山是何等景象？依照〈石鐘山記〉文中敘述，應該有一寺廟，有方丈修行處，我私自認為這是一個很好的腳落，暇時獨坐崖前，一壺茶，一本書，靜坐到日落，看沙鷗來崖上棲息，聆聽浪濤拍岸隙罅回音，這樣的江山，這樣的風景，就能多了一種情懷。江山孕育文化，人世才顯得婀娜多姿，顯得清淨無礙。

濤金浪閃江山如畫

說來，我們現在來遊覽的石鐘山，已是清朝一位官員，仿南方園林修築闢建的住所，曲徑通幽，林影亂花。

我們再沿著石階、迴廊穿行。過「報慈禪林」，過「且閒亭」，紛紛在一處蘇軾手書「曠懷」的石刻前拍照。我也發現令人驚奇的地方，就是這石鐘山的獨特：山上的樹木那麼多，原來都是有玄機的，山路被遮去的一邊，竟是懸崖，地勢由長排的樹開道，向上迴旋到一個更高的大山坡。然後柳暗花明，豁然開朗，又別有園林之趣。

山中最高頂處，有「江天一覽亭」，居高臨下，整個湖面都可以在注視中，船帆競立，濤金浪閃，江山景致如畫。友人們參觀其他廳堂去了，我則和一位年高的鄭教授，在一處苦楝樹下沐浴涼風。江風颯颯，吹得青翠苦楝如綠浪翻湧，長江鄱陽之美，更在花枝的隙縫裡，流露出來渾厚和古拙，且有一份非常輕的、非常淡的、非常靈性的、非常撼人的，起自心底的一種美。

四點三十分了，陽光西斜，把湖山染得上下嫣紅。

要離去了。悲歡離合總無情，在毫無選擇下選擇了仕途，不能選擇的接受了任命，當然有一天也得在毫無準備下要離開遠去。

人生無常，很多事，我們無從也無能預料或改變，所以有人說造化弄人，有人會際遇不佳。一個真正豁達及懂得生命價值的人，是會在平凡的事上或舛危的路上，讓自己的心更堅強和更柔軟。

我想古時的人如此，活在變動更大的現代的我，不是也要有這樣的生命態度和智慧嗎？

粼粼波光裡，渡船再度載著我們，沿著石鐘山的岩岸行，船隻再度近靠絕壁。江水灌入岩壁罅隙，看得好清楚，巨石洞穴，當年蘇軾停船處也在一瞥中驚鴻。

石鐘山，插空壁立，下臨無地，隙罅如林圃，是天力雕塑的奇蹟。

「可能有部分中空，巨浪拍擊，……」

「好神奇耶！」

右　山中有蘇軾雕像。
中　入山口有江湖鎖鑰的牌樓。
左　山中一景。

「我看不出整個山像……」

哈，好朋友們的好奇好像才開始呢。

才子與佳話
——南昌滕王閣

落霞與孤鶩齊飛，
秋水共長天一色。
畫棟朝飛南浦雲，
朱簾暮捲西山雨。

這是〈滕王閣序〉文中的千古佳句，是盛唐的樓閣風景，也是我神往滕王閣的初始。讀書時候，那位鄉音濃重的國文老師，陶醉其中的神情和逸興湍飛的講述，留給我非常深刻的印象；儘管那篇〈滕王閣序〉文，讓我的月考默書挨盡了老師的責罵，但是我仍很崇拜那位老師來。雖然，一千三百多年前的宏偉建築「飛簷流丹，下臨無地」，在我當時的生活、年齡和閱歷，根本是無法想像、甚而有些懷疑，更別說要將它和自己牽起千里旅痕，即使是當年知曉的古典亭閣：左營春秋閣，木柵指南宮……，也都是我長大後，才終於能夠遊逛的地方，更何況是遙遠的滕王閣。

「滕王高閣臨江渚，佩玉鳴鸞罷歌舞。」盛唐的樓閣，才子的佳文。

滕王閣到底在哪裡？

有一年參加長江三峽旅行，行程中有武漢黃鶴樓遊。我很幼稚的問領隊：可不可以順路到滕王閣看看？

領隊的眼睛瞪得很大很大，大概，也因為從沒有人提過這問句吧？他說：滕王閣，只有專程參觀，無法順路。

滕王閣應該比黃鶴樓更宏偉吧？更多故事吧？

「真的無法順路。」面對一臉疑惑及沉思的我，領隊很慎重的回答。

傍城臨江軒檻入雲

什麼時候能夠看看滕王閣？畫棟朝飛南浦雲，朱簾暮捲西山雨。

衝著〈滕王閣序〉一文，當好友組團江西遊時，我立即興奮的附和，跟著一行人浩浩蕩蕩，管它熱暑如火爐，興致昂然的來到江西南昌滕王閣前。

滕王閣，果真江南的名樓。一進南昌市，便見它亭亭身影，高高屹立在贛江東岸。朱漆樑柱，雕花設屏，仿宋式的外牆，一式的綠瓦石牆，傍城臨江，第一眼就讓人感到它的不凡氣勢。

這是一座盛唐的樓閣。盛唐，是中國歷史上國家最富庶，文化最多元的朝代，建築上也外顯了這種流風——華貴崇巍、軒檻入雲。於是，挺拔高聳的閣樓，成為建築組群和城市風景中鮮明的高音。

千古建築跨越時空

只是，這麼一幢巍巍崇閣，怎麼會命名為「滕王閣」呢？

「滕王」，是唐太宗李世民的弟弟李元嬰的封號。根據史書記載：他是一個工書畫、愛歌舞、好遊觀、樂宴饗的皇族人士。在他任職洪州，也就是今天的南昌都督時，在贛江岡岸上，面對西山，建造一座可以滿足這樣需求的華宇，並以自己的封號命名為「滕王閣」。

由於一開始打算建閣的目的，不僅在於觀賞山川景色，也在於宴饗歌舞、作畫賦詩，因此，規畫和興建，滕王閣就不同於一般的亭榭或樓塔，而是一座能夠將景觀和文化交涵，生活和創作並顧的雅殿崇閣。

我們從大門登基台進入。午後的一場豪雨，整個青石板石階，泛映了潤濕的水光，又和沾著水滴的柳葉，一起溶成有點神秘的灰藍色……啊！陽光都顯得幽沉了。一面上台階，一面昂首瞻望，高閣凌霄，撐起盛夏雨霽後蔚藍的天幕，閃著樓閣的輝煌彩繪，水光映照下，影影綽綽，眩人眼目。拾級再走上臺基更高處，窣窣的江風習習而來，吹拂的滿衣滿袖，彷彿是特為跨越時光而來的行車，讓我們一轉身就已來到大唐盛世，踏入王勃筆下的滕王閣。

滕王閣，以綠琉璃瓦蓋頂，茫茫江邊一塊精雕的蒼蒼大翡翠。由於行前已做了功課，詳細的資料幫助了我們此刻的深度觀賞。我瞇著眼，要從在外觀上來品賞這四重檐、三層樓的高閣，因為從臺基算起，這是建構造型上的所謂「明三暗七」結構。正在和建築上的術語糾纏時，團中孟桓師含蓄的一語道出趣味：「堂奧之妙」，啊！有限出無限，讓我想起電視劇《人間四月天》裡那位寡言踏實的梁思成。眼前滕王閣這等規模，已是第二十九次重建工程，確也耗去了五十多年：門坊、迴廊、泉榭、翼亭，整體建築如一隻展翼昂然的大鵬鳥。而這重建的計畫草圖，基本上是梁思成和他的助手莫宗江參考古書圖籍又加上調查實測而繪製的。基臺上的樓閣，「二」、「三」、「五」三層是所謂「明」層，有迴廊環繞的廳軒，「暗」層中則有多處廳堂和一處古戲台。各廳堂中有大型壁畫，江西名勝圖、人傑圖、湯顯祖牡丹亭劇情……，而這處古戲台，我們來時，正遇上每日的定時表演。音樂、美女、幽暗的燈光，朦朧燈影下，真有恍如戲中的感覺。

儘管我們足跡走遍，上下迴繞，樓閣內有書畫、有古器物，可說文物陳設豐富。但是最吸引我流連的，還是迴廊邊上極目遠眺的暢快和遼闊。在風的輕喟，雲的推移裡，悠悠體會宇宙間那一股微妙的情緒，真是很難言述，也很難替換。

滕王閣所處在的這一段江面，江水浩闊，水光騰閃，滾滾暈黃的江水上，採砂船舟帆桅豎立，渾渾糊糊的倒映著對岸江邊的現代大廈。隨著江流極目，晴煙瀲艷中，水天同沒。然而沿廊低俯，紅柱飛簷，歷歷在目，斗拱燕雀，展翼揚空。這一瞬間，序文中的文辭——飛閣流丹，長天川原……，彷彿幻化成江邊水鳥，飛進了我的思古心田。

三十年代的詩人馮至有首〈十四行詩〉，其中說：「**我們站立高高的山巔／化身為一望無邊的遠景／化成面前的廣漠的平原／化成平原上交錯的蹊徑／哪條路，哪道水，沒有關連／哪陣風，哪片雲，沒有呼應：／我們走過的城市、山川／都化成了我們的生命。**」

疑惑一掃而空，代之的是，一種對大地更謙遜深沉的領悟。

啊！出來走走，真是茅塞頓開。

才子與佳話

然而大唐建築何其多？卻怎只有滕王閣，千古盛名流傳至今？多少樓台風雨戰火中？滕王閣，如何重拾千古樣貌流傳至今？都只因為一位王勃來到，都只因為一位梁思成。

王勃，神童，初唐四傑之首。

我們來到滕王閣的今時，是崇閣第二十九次的大重建，一千三百多年後。

而王勃來到滕王閣時，才是崇閣始建後的二十年。

滕王閣建於公元六五三年，李元嬰建閣後，雖然盛況一時。但是二十年後，宦場上也早已星移物換。

公元六七五年，洪州都督閻伯嶼重修滕王閣，並定於九月初九重陽節，在閣中款宴賓客，飲酒賦詩。王勃此時正好因去南海探望父親而路過這裡，也來到滕王閣中。席間，閻伯嶼命人拿出紙筆，遍邀在座賓客為滕王閣作序。其實，閻伯嶼早已讓他的女婿事先寫好熟記一篇序文，準備在宴會上即席揮毫，當眾炫耀，朗讀傳誦。來訪賓客早知內情，席中全都推辭敬謝。

王勃以為閻伯嶼是真的想讓賓客們寫序文，欣然應命。

閻伯嶼非常生氣，藉口肚子疼痛，躲進更衣廁所裡，同時，卻命一家僕站在王勃身旁，隨時來向他通報。閻伯嶼原以為一個不得志的少年文人能寫出什麼好文章呢？蹲在更衣室裡，等著看他笑話。當得知王勃寫的起首一句：「南昌故郡，洪都新府」時，閻伯嶼微撇嘴角：「不過是『陳詞濫調』」；得知第二句是「『星分翼軫，地接衡廬』」時，他更是搖頭，認為無非是舊事重提；當僕人報道「『襟三江而帶五湖，控蠻荊而引甌越』」時，閻伯嶼沉吟不語了；再待聽道：「『落霞與孤鶩齊飛，秋水共長天一色』」時，閻伯嶼樂得拍手稱讚，衝至席前：「真是天才啊！才子佳作」。

其實，王勃少年得志，十四歲應舉及第，入沛王府修撰典籍。畢竟少不更事，恃才仗氣，見沛王喜鬥雞之樂，戲作《鬥雞檄文》，被認為輕率不知禮分而逐出王府。後來在劍川任參軍之職，又因不計利害瓜葛，私藏誤殺官奴的下人，被判死刑入獄，幸逢大赦不死。他的被逐獲罪，早已株連老父被放逐南海交趾。出獄後的王勃，悟及禍福旦夕，世事無常。決定南下探親尋父，因為路過洪州參逢盛會。

當時正是重九高秋，王勃在感時、歷練、悟命、懷親的心情下，放開得失，盡釋才華，筆意所至，宇宙、歷史、社會、人生……縱橫揮灑，錐心記述。〈滕王閣序〉的千古佳文於焉傳世。

本來，閻公邀宴興文的用意在於捧揚他的女婿，終也折服於王勃的才華，盛讚他佳文的不朽。回溯封建時的大唐，以閻公權貴的位子，私己的心意，僅可很容易的抹殺一個年弱位卑的失意文士，但是他寶愛才華文采，更臻愛千秋辭章。所以，也成就了這一段千古佳話和文物。因為一篇王勃的〈滕王閣序〉而使得「滕王閣」流傳千古。

然而，頹圮毀墜的滕王閣，因為一位堅持「中國古建築」的野外調查和實測的學者梁思成，使得滕王閣得以原貌更精神的在現代二十世紀重生，一新耳目。

徒步跋涉人跡罕至的荒煙蔓草或荒郊野谷，宮殿、廟宇、塔幢、園林……，根據近代的科學技術觀念對它們進行透徹研究，它們結構上的奧秘，造型和布局上的美學原則，每一處都以實例的精確紀錄、測繪和系統整理。許多有價值的，成貌尚存的古代建築，從此有了科學家的縝密、史學家的哲思和文藝家的熱情，在世界建築學術界展開一方園圃。

水君與神話

陪著我慢慢走下樓層的孟桓師，他告訴我很多有趣的故事。他先問我：「王勃後來到哪兒去了，墓在哪裡？你知道嗎？」

「不知道！王勃不是到交阯去了嗎？不是落水而死的嗎？」

「那麼，水仙廟裡供奉著有哪些人？」

哈，哈，「我不知道耶！」

「大禹、屈原、伍子胥、李白和王勃。」

原來。

同時，我又知道有一個跟滕王閣有關的故事了：「前一夜，王勃尚在蜀地，他要動身到交阯去探望父親。路途中，雖聽得有聚會之邀，但是，水路至少七百餘公里，怎能適巧趕上盛會？滾滾江水，王勃坐行船中。忽然聽得船尾有一人說：我乃中原之水君也。水君推舟，千里一日。」

這神話故事，應該說是後人讚嘆人才，因而移情水君之成就人才的吧？

孟桓師，學識淵博，話語詢詢，我聽得好有興味。

不論故事真相如何，滕王閣的瑰麗形制，令人留連；滕王閣序的感發思辨，令人讚嘆。滕王閣之所以永垂，實在是因王勃的詩文，因王勃而引的軼事，最令後人津津樂道。

而那以後，歷代文人、學士，登閣題詩作記的，絡繹不絕，白居易、杜牧、歐陽脩、王安石、湯顯祖……。湯顯祖還曾在閣上演出過他的名作《牡丹亭》。

滕王閣因王勃的詩文而倍增光采，更成為千古名樓。

共鳴感嘆結尾詩

「閑雲潭影日悠悠，物換星移幾度秋。閣中帝王今何在？檻外長江空自流。」這是〈滕王閣序〉的結尾詩。同時，蘇東坡來到時，心生共鳴，留下他遒勁的行草墨寶，將這詩文鐫刻在廳堂長壁上，與閣外頂高處的「滕王閣」三字，都為這「滕王閣」錦上添花。

有了王勃，有了蘇東坡，有了湯顯祖，「滕王閣」在在足以千古名傳了。

至於，閣中主人是誰了呢？我們才是今天的主人。別管時光如何，珍惜當下！專注欣賞，

雋永感受，就是主人！

靜靜欣賞江上的晚霞，清標大哥應同團人的要求朗誦了一大段滕王閣序文，粗獷的聲音，配以古音唱腔，這偌大的亭台樓閣，紫薇花樹離離搖曳，更加增了詩文的嫵媚，和今日的痛快。

晚霞斜略，整個園區罩上濛濛紅彩，穿過柳林、穿過大廣場，我再次低迴流連，回眸留影。中學時候的宿願，終於來到眼前。我還是覺得有些像夢幻。

窺探美人
——盧山遊

窈窕多姿風情迷人

一位朋友問我盧山美？還是黃山美？

問得我很難回答。因為兩者正如大喬和小喬，都是絕代美女，怎易分別軒輊啊！

不過，還是要回答。

那麼，這樣比喻吧！黃山是單顆十克拉的美鑽，盧山則是許多小鑽組成的美鑽長鍊。

盧山在長江之南，有長江做為她的長鍊，鄱陽湖在她的東邊，是長鍊上的墜飾；九江環過她的北邊，富庶美麗，許多其他山峰和瀑布溪流峻谷是長鍊上的鑲嵌。所以，她，窈窕多姿，風情迷人。

由於廬山山之北屬九江，山之南屬於星子縣，博大雄奇，橫亙四出。如此的橫亙四出，九拐十八彎，從九江，我們來到廬山最熱鬧的景點——牯嶺時，已是傍晚。夜涼如水，最人聲鼎沸的牯嶺街上，人車穿梭。

一定要走走牯嶺街。我跟英昭說。

因為你就住在台北的牯嶺街。哈，哈，答對了。

只是一個牯嶺街，十足的觀光氣味：賣茶葉、修理手機、飯館風味餐，嘈雜喧囂；而另一牯嶺街，十足的人文幽靜：老榕樹、舊書鋪、小劇場、日式平房宿舍。

所以，可以聽出我比較喜歡哪一條牯嶺街吧？

不過，兩個牯嶺街上都有相同的一樣東西：有歷史性的名人的華屋豪宅。廬山牯嶺的大宅第：石牆、磚石、高屋頂或圓拱廊，十分西方的建築；台北牯嶺街上，則是巨樹蔽天的深深日式大院，有很多國軍上將居駐，警衛森嚴。我們參觀了廬山的美廬別墅，藤蘿繞屋，修竹茂林，是先總統蔣公和美齡夫人最愛的地方，欲意終老的地方，廬山牯嶺多別墅，不僅因為廬山風光美麗，更傳說具有勘輿上所謂的仙靈蒸蔚，風水寶地。

仙氣氤氳嫏嬛福地

中國的名山，大抵都跟修道成仙或特出人物有關。廬山一名匡廬，相傳在周定王時，有一名「匡俗」的隱士，結廬隱居於這座山中讀書修道，漸漸頗有賢名。於是，定王派遣使者專程登山求賢，然而，這時匡俗先生已經羽化登仙，只留下了一座空廬，所以，周王便稱這座山為廬山或是匡廬了。廬山大嶺凡有七重，重重都有仙人庭駐，四季仙氣氤氳，嫏嬛福地，當然凡人更是趨之若鶩了。

廬山充滿仙氣，廬山博大雄奇，包含了很多美麗的景色。即使是片石孤岑，都彌漫氤氳之氣。廬山是美鑽項鍊，有人說它山無主峰，各自尊高，各有美妍。有人就說鄱陽湖口諸山，如天上星子點點。

這美麗的景象，又相傳與秦始皇有關。秦始皇在為自己建造未來的重生陵寢過程中，曾經得到一根神威無窮的竹鞭，神鞭揮揚，點觸之地，山崩地裂。於是秦始皇舉起神鞭往驪山一角抽去，只見驪山的那一角，立刻分脫成秦嶺中的一座孤兀山嶺了。真是神助寡人！秦始皇意興一起，接連又揮上幾鞭，不料就把那山趕到了長江南岸的鄱陽湖畔。此時日暮黃昏，天色漸暗，霧靄飄生，秦始皇決定暫做片刻小歇，思索何等大道規模，足以一路引領前去蓬萊仙境，再趕山下海，或令群山壁立拂道。撫觸著神鞭，秦始皇意驕態傲，卻也感生疲累：天下就是我的，何妨明天天一亮再揮鞭下令！

秦始皇酣睡之際，南海觀音得知遺失凡間的神鞭訊息，連夜駕雲霧前來，換走了神鞭。第二天天色微亮，秦始皇醒來，不可一世的揮鞭向山抽去，哪知山勢巍然不動，始皇大喝怒叱，一氣之下，竟往眾山身上連抽九十九鞭，直打得眾山滿身鞭痕，汗如雨下，可仍是紋絲不動。秦始皇無可奈何，將鞭子恨恨扔下，垂頭喪氣回咸陽去了。從此那山便在鄱陽湖畔成家，就是今日的廬山眾峯。由於秦始皇抽了九十九條鞭痕，後來，就變成九十九道錦鄉繡谷，滿身流淌的汗水，也化作了群山之中的銀泉飛瀑了。從此靈山多秀色，萬丈紅泉落了。

美人面貌不易瞻

廬山的神話頗多，不管說法怎樣，都是直接或間接的詮釋廬山的美麗。峰巒高低不一，天氣晴朗時，翠薇蒼蒼，但是瞬間而生的雲霧立刻將眾峰遮掩，含羞帶怯，有時可以看見半邊山景，半邊白茫；有時雲氣生於山腰腳下，俯視毫無所見，然而仰觀峰巒，卻又青翠如畫；有時雲出於上，山上煙雲如捲浪海濤，山下卻又一片晴空。濃似春雲淡似煙，參差浮越大江邊。

蘇東坡遊廬山時寫道：

橫看成嶺側成峰，遠近高低各不同；
不識廬山真面目，只緣身在此山中。

雲氣出沒無定，諸峰忽隱忽現，變幻莫測，怎易一瞻真面目呢？所以，只從雲霧的轉瞬，就可以定論下廬山的美麗，更別說又再增添了泉水、瀑布、秀林……。

難怪，人們來到這裡，渾然忘我，良久徘徊，流連忘返，可以完全享受浮生一大閑悠。

事實上，廬山風景之美，是有地理上的因素的。景觀上，他是麗質天成的絕色；時間上，它是億萬年地質的博物館。

說來，我們也是披著晨霧出門的。一大早，來到含鄱口牌樓前，小小站房裡還點著燈，售票小姐把一臉惺忪鑲嵌在售票口的窗台上。牌樓前觀景台，早已擁滿喜觀日出美景的遊山客。

萬里金暉廬山之美，廬山群峰露出婀娜的真面貌。

山高雲深，我們這才見識到廬山的雲：飄忽、變幻，有萬種不可捉摸的丰姿，但是還剛眨眼，還來不及驚嘆太乙峰與漢陽峰的雄霸，無聲無息的雲霧，便漫天飛捲的將廬山諸峰弄得虛虛實實了。然而才剛嘆息呀嘆然，雲霧開始轉得更快，好像舞壇上的大布幕快要掀開的樣子。

有人已從望鄱亭轉回來了。「雲深不知處」「大霧瀰漫看不清耶！」紛紛的描述，早有先人說廬山是霧的家鄉，先總統蔣公和夫人宋美齡曾在那亭台上的霧氣中起舞。我想那可能是真的，連拙於運動的我，也都衝動得想要在濛濛霧中旋轉幾圈了，何況是受美國教育活潑浪漫的夫人？

然而，廬山的雲霧究竟是何等模樣？四面霧嵐畫裡詩？霧湧青山三百里？

於是我顛高腳跟，瞇起眼睛，要好好眺望和想像。才要享受霧裡看花花非花的遐思，沒想到，一道陽光，憑空起勢，宕開一筆，霧嵐就退場藏躲去了，許多山峰露出了他莊嚴的巔頂。天地間事就是這樣，變化常常讓你措手不及。

煙雨朦朧最迷人

為了避開人潮，也為了尋幽訪勝，全團的友伴隨著倪總領隊走上木棧道，向廬山的腹地心朧漫遊。我們這一團是很奇妙的組合，有三十年的莫逆老友，有老朋友介紹的新朋友，有耳聞其名多年，今才有緣一見真面的文友，也有從廣告得知行程而報名參團的教授，不論大家來自何方，卻都一見如故。

尋訪山水需要好伙伴，山水清音也須要知音傾聽。來到廬山，彷彿和李白、白居易、張九齡、米芾、或者慧遠大師……一起呼吸、驚嘆或體悟或禪修。人與自然，很微妙的貫通，使個人的原始生命有了轉化，而由文化生命留下的痕跡或詩文，又靈性豐富了山水。

蓊鬱的林間，枝葉團團簇簇，濃密的樹冠伸張成一張廣大的帳篷。大樹、藤蔓，霧淡時似在咫尺，霧濃了又變得遙不可及，俯瞰山腳邊掩映叢葉中的潭水，閃閃波光，水域旁的台地，時有煙雲飛起。現代園林專家兼詩人的陳從周，就有詩道：

似晴欲雨費疑猜，誰把天公巧妙開；
峰影都沉潭影底，廬山之水日邊來。

廬山有萬種情趣，惟在煙雨朦朧中最為迷人。霧把整個森林佈置得極度神秘，神秘得可以讓人聯想出大批美麗中帶著神奇的怪誕故事，就連瀑布水聲也帶著神秘。也許，這也是廬山的美麗處，引發人們靜思處。

由於沒有別的旅行團跟隨，山間步道任我們獨享，除了幾處隱著紅漆鐵門的檢查哨；除了略帶一點原始的叢林，山腳上還有一畦畦整齊疏朗的林地，看得出有規畫的栽植和闢墾。人工林也有美的可愛，避去緊密叢生，那份美和雅才不會被擠疊得損失殆盡，現出不應有的俗氣。

我喜歡這樣慢走步道，貼近的親近山林，也多了一份擁抱的感覺。

行到水窮處，坐看雲起時。

人是在藝術生活中而恢復其疲勞。旅遊的目的，不僅為了刺激一成不變的生活，填補因疲累而空乏的身心，更重要的，是為了滋潤因封閉而枯乾的生命。

當我們驅車離去時，山林仍浸在雲霧中，再回頭時，漸漸淡去的峰巒，益發透出了他的神秘。

廣袤的廬山，我們也只是窺探了她的一肢手臂。

綠草蒼蒼，白霧茫茫，有位佳人，在水一方。廬山正是那水畔的美麗佳人。

蘇東坡說：不識廬山真面目，只緣身在此山中。而我們則有感慨：

不識廬山真面目，只因形色太匆匆。

上　廬山上的別墅群之一。
中　含鄱口景色。
下　俯瞰廬山一景。

華清池的聯想
——西安華清池

長恨歌與華清池

行程討論時，團友中就為要不要遊華清池而分成兩派。

我已來過，倒不堅持反對：沒來過的團友多，不妨遊遊華清池吧。

若說華清池如福天洞地，如蘇州林園，那倒未必，但是，華清池有迷人的地方。

想想：〈長恨歌〉，白居易是這樣寫的：

漢皇重色思傾國，御宇多年求不得。
楊家有女初長成，養在深閨人未識。
天生麗質難自棄，一朝選在君王側。
回眸一笑百媚生，六宮粉黛無顏色。
春寒賜浴華清池，溫泉水滑洗凝脂。
侍兒扶起嬌無力，始是新承恩澤時。

再誦讀一番：李白的詩中描繪美人容貌更是美的令人猜臆：

雲想衣裳花想容，春風拂檻露華濃；
若非群玉山頭見，會向瑤台月下逢。

那會是何等容顏？至於受寵的情況，不妨看看杜牧寫的過華清宮絕句：

長安回望繡成堆，山頂千門次第開；
一騎紅塵妃子笑，無人知是荔枝來。

美人居住的地方本就令人神往，有了楊貴妃為它代言，再加上從小唸過的相關的詩文，每一首都是致命的宣傳和誘惑。

美地樂事沐浴延年

對觀光客來說華清池的景色還算佳美，依山傍水，一尊楊貴妃塑像，亭亭立在一汪流動的池水前，幾幢寬敞的宮殿式的房屋中有當年的浴池，沿著彎曲的院庭中有不少花木，尤其是幾大株柿子樹，夕陽映著一顆顆紅柿，散發著一團團金紅的光暈，可以想像：楊貴妃的青春顏面與紅光渾融的可愛。

由於旅行的時間很悠閒，我們便沿著小溪河到倚傍的驪山山坡上坐坐。只見青蔥蒼郁的山林，如一條絨帶，溫柔的護圍著。驪山北麓，開發得很早，據說秦始皇曾遇上了一位漂亮的神女，他狂妄調戲，神女一怒降他一身惡瘡不癒，直到他向神女叩頭謝罪，神女賜以溫泉洗臉，於是秦始皇便在驪山上修建沐浴的處所，也渴望借洗浴而延年益壽。

其實，驪山本身就是一座死火山，山上有許多溫泉，溫泉水流出地面的溫度平均為四十二三度，最舒服的泡湯熱度，酥柔溫熱，全身通透的滿足，而湯水又可治療皮膚病和風濕症。這樣的美地樂事，大權在握的君王怎能捨棄？

所以，漢武帝來過，唐高祖來過，唐太宗來過。一旦躊躇滿志，又有美女相伴的唐玄宗，每年十月前來，哪能不要到歲盡春初才返回長安？從此君王不早朝，只任鐵馬金戈撻伐，只任大唐子民顛徙流離，這是想當然爾了。

世事如戲

也許，驪山山麓的主人，就如世事和戲劇般一幕幕上演。

一棟平房名叫五間廳的，牌示說明：「西

華清池一隅。

安事變舊址」，就是張學良發動兵諫的地方。儘管對於歷史，每一方每一個角度都有不同的記載，甚至每個人都可以有自己的感受，但是有權者掌控，歷史一定要客觀。權力是一時的，典範卻是永久的；扭曲歷史，愚弄人民，都是不可取的，不要忘記：最後的歷史仍有冷酷的批判。

不同於咸陽的陵墓鬼雄，不同於兵馬俑的凜慄，我覺得華清池的氛圍反而是另一種況味，更近乎人情。所以走在園區裡，我最有興味的還是楊貴妃，她會有怎樣的風情呢？自小寄人籬下，又生長在族繁複雜人家，於是聰明伶俐外，又善察言觀色、洞察機先；北方女子健朗兼具吳山越水的柔情蜜意，豐腴白膩，卻也拈花微笑、明眸流盼，加上善舞能歌，特別是胡璇舞，在方寸大小的圓墊上，盤旋飛舞，竟也輕靈飄逸。

我想：這樣的女子即使生在現代，也能是

華清池涼亭──隅開滿牡丹花。

社交名媛、媒體寵兒吧！

來到華清池，過往種種溫馨旖旎的風情，固然能令人發幽古之思，但總體來說，繁華落盡見悽涼，許多往事，還是留在文學中來得多遐思。

所以，充斥人工味的一處景點。記得二〇〇二年，前來時，尚感園中清淨典雅；二〇〇六年，再來時，大興土木擴充亭閣，就感覺擁擠了，尤其又增加了奢華的觀光溫泉池，只消多花一張票券就可幻身為貴妃，在華麗重帷下洗著溫泉，在偌大的庭院中吃著鮮果，甚至再花些錢請貴妃伴駕遊、打馬球，看一場大唐歌舞，喜歡熱鬧的，也有好多玩耍的項目了。

美景加上文學，才增添浪漫，令人流連。因為鍾靈毓秀的是人，是人與事才使地方留名，才使人忍不住的留連忘返。我不禁想到：我們

華清池內柿子樹結實纍纍、金紅討喜。

熟知的南港胡適故居、陽明山的林語堂紀念圖書館、雙連的蔡瑞月的舞蹈教室、淡水八里的廖添丁廟，屏東美濃的鍾理和紀念館……，都是因為那「人物的」關係，讓那些地方才有不同的意義。

台灣有很多讓人尊敬的前輩，值得讓人們瞻仰孺慕的地方，也許不夠富麗，也許不夠廣袤，卻更能讓人興起思齊的心志：小小斗室，先人能夠著作等身；小小庭院課室，可以創作旋天動地的舞碼。若精心的維護，惜愛的承傳，有計畫的修復和宣傳，設計一些有趣味又有特色的活動，專業又溫和的導覽人才，這才是台灣發光發熱，宣傳至國際最有力的廣告。

在華清池，我怎麼這麼想念我的家呢？

五間廳是轉變著一部中國近代史的地方。

卷三

輕舟已過萬重山
——三峽行

八十背包客

儘管自小學時候上國語課就背誦了〈下江陵〉朝辭白帝彩雲間的詩句；儘管稍長讀了些許有關三峽的詩，三峽是一種文學的嚮往，但是，三峽對我仍只是紙上山水。付諸行動遊三峽，說來還是父親的促成。

「孟家的雲生就是打日本時在雲陽生的」。「從長江大橋頭看過去，江面如海，壯闊緲遠又煙水如詩……」「走三峽，就像開了一隻眼……」散步時，父親經常如此訴說。父親早已年過八旬，老年人的回憶裡，盡是年輕時代的山山水水，而老年人的最大快樂，也莫過能再舊地重遊。

於是，我決定一遊三峽。背著簡單的行囊，我笑著跟老爸說：背包旅行者，年輕e世代呦！接著又說：老爸，我和你比賽，看誰興致好。

父親也笑著說：一定興致好。

起碇順流

飛抵重慶，在重慶朝天門碼頭搭上旅行社代訂的「公主號」遊輪，三峽旅行從這開始。

公主號號稱四星級郵輪，但是相較於行航加勒比海、阿拉斯加等航線的郵輪可說是小巫見大巫。僅能說是比之內地的民航船稍微寬敞、清雅、乘客單純，不過我們已經非常歡喜和滿足，也有一種說不出的豪華和幸福。

說來很奇怪，當公主號起碇順流而下的一剎那，氣象萬千的長江真實地呈現眼前時，我幾乎有些如夢似幻的恍惚；當遊船遠駛，重慶市影在江煙中淡去，眼角真有些潮濕的淚水，期待的情感，帶點宗教般的敬畏情懷。浩浩湯湯的長江水啊！

海不擇細流故能成其大，長江正也如此。匯集了百川千河，又切割了無數的高山、深谷、平原和丘陵。船一出嘉陵江入長江，便見到江面寬闊，兩岸青碧山巖，峻嶺妍秀。這一天整個行程由朝天門出發，東行、下水，經酆都、過南充、萬縣、忠縣、雲陽到奉節近白帝城處歇息。黎明起碇時萬里無雲，略感仲夏暑熱，可是當船行大江之上則是江風拂人，及至酆都靠岸停留時，忽然江上雨霧濛濛，雨絲垂落，泥褐滾滾，江岸山脈灰藍，溶入一片蒼茫。直到午後過忠縣石寶寨，天色放晴，青山丘陵山貌呈現，這又看到橫亙山脈一重又一重。

這美景以及奇遇，我很想試著描寫下來，只是自己的才學能力都不足。借來清朝詩人張問陶寫的〈瞿塘峽〉，來聊表讚嘆的心意：

峽雨朦朦竟日閒，扁舟真落圖畫間；
縱將萬管玲瓏筆，難寫瞿塘兩岸山。

長江過萬縣以後，就接近巫山山脈了，雄偉壯觀、狹長幽深，秀麗險峻的三峽，更在奉節以下逐次展開。蜀道難難如上青天，真是為了增添長江的氣勢，這是上帝匠心獨運的佈局和大作。

夸蛾利斧杜甫夔州

所以來到巫山山脈前，我便認定是夸蛾氏用了把利斧將山脈切開，讓江水奔騰而下。三峽西起奉節白帝城，東至宜昌南津關，包括瞿塘峽、巫峽、西陵峽。然而放到真實裡，不僅千里浩蕩，灘險水急，江心盡是打轉的漩渦，不時黑如怪獸恐龍的河中巨石，激起千重浪花。由於一路站在船頂甲板瞻望，我們也發現船在江中並非直線而馳，倒有些像蛇行飆航。一會兒大山擋前，滾滾浪濤轟轟拂耳，似乎已無前路，非從無數的漩渦中衝出不可；一會兒，正驚恐時，船隻已轉，峽開山退又一新天地誕生。難怪遊船上的乘客，不少是二度重遊的。

船在白帝城下暫歇，夔門當關，杜甫夔州詩是我所愛。父親站在船頭幾近一日，黃昏來臨時便已入船艙休息，我和其他許多來自台灣以及海外的遊客登上白帝城下的一處山頭。只見山山對峙如閘口，河灣浪濤仍如萬馬奔騰，急流澎湃，一波推著一波，杜甫登高詩「無邊落木蕭蕭下，不盡長江滾滾來」，描述真是傳神。尤其這一日江上本多雲霧，此刻又有些如雨絲飄飄，天空似靜態，實則瞬息萬變。天地蒼茫，山山如劍。而如火如荼展開的大壩工程，在山山中間已經築有不少跨山長橋，那些紅色鋼鑄，既醒目又突兀，也彷彿預告著另一場驚天動地。

夜宿白帝城下，這夜裡父親格外晚睡，靠著船窗看黑夜裡的長江，該是沉在往事中。長長的運貨船、運煤船……忙碌來往，船鉉邊上上下下的船夫，讓人聯想到水滸傳中的浪裡白條張順。

第二天天色微明，船開，出了瞿塘峽。不久進入一個迂迴曲折的幽深畫廊，兩岸的萬仞高峰更是掂高了腳跟。是巫峽了，巫峽巫山十二峰，峰峰各異情態，如青翠屏風，如飛鳥展翅，如彩雲繚繞，更有飛瀑狂濤，真是驚心動魄的動態之美，難怪古代的騷人墨客來此一睹手采，產生不少的綺思與感懷。也難怪元稹要嘆讚道：「曾經滄海難為水，除卻巫山不是雲」。而蘇東坡泛舟觀景所得的動態美感：「船上看山如走馬，倏忽過去數百峰」，也可以說是遊船中遠觀三峽的寫照。

神女驚鴻

「神女峰」「神女峰」，船上安排的一位導遊高聲介紹著。眾多遊客站在甲板高處仰頭觀看，一個神似婀娜造型的石頭，聳立山巔。船行加上水流，驚鴻一瞥。「望夫峰」，「望夫石，一個漁夫在江中打魚……」巫峽由於多深谷，江上嵐霧美麗多變，因而也多浪漫神秘的故事。行程中，不時有一陣陣濃濃的嵐霧飄來，頃刻間船入雲霧，穿越細細的水珠簾幕。天地如畫，嵐霧如大音聲稀響在船緣邊，嵐煙緩步山谷，夏風行過山谷，一陣山風，一陣煙嵐。有時竟聽不分明響過的是風聲？浪花聲？還是雨聲？我努力運用自己的感受去看三峽，因為有人說旅行能使人心胸廣闊。也由於十二峰裡的集仙峰是我早已聽聞的，而兵書寶劍孔明碑、三國故事也是父親熟悉的。遊三峽的樂趣之一，就是充滿了歷史的臆度之樂。三峽中，近大溪較豐壤之處，相傳諸葛亮在此有陸八陣，我們不住地猜想就是低處的哪些石堆呢？於是整個三峽充滿了時光隧道之謎，成了電影螢幕，上演著千年前的演義。對照故事，對照圖卷，找到小說場景的淵源，讓我們父女癡迷得不忍眨眼。

第三天，船駛入三峽中最寬闊的西陵峽，據說也是目前最長的峽。愛國詩人屈原的故里，王昭君的故鄉都在江上遙望。峽中一條淺溪，就是香溪，「群山萬壑赴荊門，生長明妃尚有村」史實和虛構激盪而出，牽引人心。

經過香溪後，船進入一條山勢更巍峨的窄江，浪濤洶湧，灘聲浩大得嚇人，未知與神秘，佈局開闊卻又作工細膩。

然而長江之水，終於在闢開崇山峻嶺，衝過激流險灘後東出南津關，進入一個極目楚天舒，山隨平野盡的江漢平原了。當清晨船隻停靠在宜昌江邊時，已是旭日初昇。太陽將江面染成一片金黃，溫柔宜人，像喝下九十度金門大麴一般酣甜。大江浩淼，水鳥齊飛，寧靜中飽含力量。

一趟三峽遊，很難說出感想。梭羅年輕時寫過這樣的詩稿：

這不是我的夢
來裝飾一行詩
在我一握的掌中是它的水，它的沙
而它最深邃的隱僻之處，卻高高地躺臥在我的思想中。

意猶未盡

出南津關約三公里，一壩橫攔長江，萬里長江第一壩——葛州壩，是一項綜合利用長江水資源的工程，我們前來時，僅見動工，多年後至我提筆寫作時，三峽即將封航，美麗景觀也有多所改變，聽說部分山岩蒼翠不再。朋友笑我什麼事都慢一拍，遊三峽倒是早了兩拍，哈，這就是聽老人言的好處。所以我和父親說：「五年後我們再遊一次長江，一定喲」。

「傻瓜你當老爸永遠不老呀。」

補記

長江三峽是世界上不多見的峽谷景觀，峽谷是河流切割的痕跡，行前我曾查了書本：三峽的切割深度達一五〇〇米，至今地質學家還可以在距江面一五〇〇米的山頂上找到磨圓度很好的卵石，那些卵石是七千萬年前古長江河床的遺物。

開闊中而且山山相連，左右對峙如閘口又如城門，山勢雄偉，高聳入雲，巖壁或垂懸，或崢嶸，間有奇洞，幽壑。尤其，峽開山明又一新天地。這不是濤濤直流的長江水啊，它是迴繞周旋而流動的，也是洶湧奔騰而流動的，所以是長江的水賦予了三峽以驚心動魄的美。我看著江水，我看著山，感慨道：水是山的血脈，山是水的傲骨。

眾仙列座
——三清山

世界自然遺產

前往三清山的前幾天，正是三清山申報世界自然遺產成功的揭曉時日。

前往南昌的機票上，刊登著宣傳介紹三清山的文字：億年造化，成就了三清山獨一、奇秀絕美的自然景觀；千年承傳，延續了三清山慈心于物、天人和諧的道教文脈。在她閱盡滄桑的歷史面前，人類所謂的歷史悠久，實在不值一提；在它自然天成的大美之前，人類所謂的巧奪天工，真乃萬不及一。

所以，要來朝聖三清山的這一天，我們早上四點起床，可以說千期萬盼，充滿興奮。

清晨霧中去朝拜

清晨上山，晨霧薄稀，透著沁涼，也絕對的安靜。

搭上最早班的纜車，這條纜車線聽說是亞洲最長的纜車道，直上三清山的南岸山頂，放眼盡是帶有縱摺的山群，而萬丈山谷近在腳底。

山谷裡雜樹茂密，華八仙的小白花如簇，綠竹的長葉如眉，雜樹的新嫩葉透紅如唇；緊貼懸崖壁下的滾落巨石，金沙溪流過，使得處處都有小小激湍，隔著數百公尺高的距離，仍然依稀可以聽聞嘩啦啦的水聲，這讓我想到宋朝詩人楊萬里的詩句：**「萬山不許一溪奔，攔得溪聲日夜喧」**，俯瞰的趣味沛然而出了。

由於纜車直上，山巖凜凜一一矗立在面前。可蘭經中說：「山不來，我去就山。」說得真好，就是那種情境和心情。

觀音相迎

就在纜車邁向第二段升高處時，山頂清晰的聖顯一尊觀音，雖然纜車越升越高，搖晃實在有些膽怯，但是那實在傳神的慈祥低眉的觀音，讓人完全忘記害怕，只是忘神的凝望，雙手合十，口呼「真像，真像喔」。及當纜車再略升高，跪拜童子出現，四周巨岩如尊神儼然時，我恍然了解這兒為什麼會被尊重為宗教聖地了。

我不是教徒，也沒有這方面的宗教傾向，卻不由自主的帶著仰望心來看三清山了。為什麼稱為「三清」山？三座主峰：玉京、玉虛、玉華，巍然天際，神貌端莊峻拔，在信徒眼中，那多麼神聖無可言喻的象徵，象徵道家的玉清原始天尊、上清靈寶天尊，太清太上老君三位道尊。

說來，我是真的帶著仰望和敬畏來朝拜三清山的，而且越往深山裡走那份心越虔誠。

巨大山體聳然拔起的英姿，那樣雄壯、陽剛，令人屏氣呀然；而三清山的奇、險、秀、幽、曠、野，更讓人覺得不可思議。「神龍戲松」，那奮力爬上山崗，想要一親小松芳澤的小龍，撐直了頸項的可愛，活靈活現啊！兩隻昂首一起賞雲天的企鵝情侶，一樣純真的神情，一樣胖嘟的身軀，天地所生所愛的啊！慢行優遊的一隻石龜，曬著山崗上和煦的陽光；豐滿飽挺的雙乳，人體美的造化，連一隻出洞密食的小黃鼠狼都令人莞爾。

天地種種形狀，引起的聯想都是美感經驗，美，不是最能打動人們心靈的嗎？

巨蟒出山司春女神

尤其最令人嘆為觀止的，一處玉皇頂下幽谷中的巨蟒出山和另一處玉台東面的司春女神。巨蟒吐信，頭顱的三角稜線，對著獵物的蓄勢待發，傳神極了，轉出山口，赫然的宇宙巨蟒忽現，目瞪之餘，不禁佩服哪位雕刻大師能有這樣神來之筆？

司春女神側坐山巔，微卷褐髮下露出滑潤的長頸，髮絲纖纖，吹拂過飽滿的額頭，微笑低眉的臉龐，美麗溫柔，流露少女靦腆害羞的神韻，浩渺的山林更鋪墊著她亭亭玉立的獨身。

有人說那是東方的維納斯，有人說那是東方的羅列來女郎。有人說她是主掌春天的女神，難怪這三清山終年長青。……

天地的大美，才能引人盡情聯想，無限遐思。

而這引人遐思的奇石，不知道上天如何雕塑它們的，又雕塑了多少千年呢？

面對大自然奧秘的驚嘆，已是萌生敬意的幼芽；常懷著敬意，常懷著護惜，正是大地倫理的精要，不正似宗教的神聖？

除了奇石，登山中我愛看樹木，我喜歡拍很多樹木，青碧蒼蒼的樹，鼓勵我接受病痛而追求生命的健康，枯老杈枒，又啟示我樂知天命追求年老的尊嚴。

清靜靈台萬松獨特

跟著隊友，我們轉進西華臺陽光景區。弗弗竹林，潤綠的竹葉交疊成一層層的海浪，一塵不染的清盈，每一葉彷彿都是一個清靜靈台。山路陡高後，奇松上場了，結滿松果，根根松針飽含水份，擁簇成燭台的羅漢松，只能算是石級坳轉處守候的小道士。再上幾個迴轉，出現垂掛懸巖的松，孤立山頂的松，樹幹被劈折的松，惡地裡修行，端看造化，才可以說是松中的道長吧，兀立而獨特，仙風又道骨。

說來那些松，造形在在不同，只長半邊的，緊緊抓住山壁，求取較可企及的慧命。清標大哥說叫它半邊松吧！

多了替松取名的趣事，一根主幹筆直的，我們叫它金雞獨立松，稍遠山巔三棵枝柯相連的，我們叫三兄弟松，有一棵就長在懸空的羊腸小徑中央，我們就叫它夭脩擋路松，一面說著便一面笑了起來。

其實，山中所有的松，只是為了捕捉陽光，枝柯爭相往上或向斜次裡生長，單純的色澤中，分外透著典雅與樸實兼而有之的逸趣，歲月的潤實，樹幹閃著油亮。

崢嶸耀眼，瀕臨山崖，立於斷壁之上，斜出青空之上，雲來雨去，風走日照，是多麼的偉岸歡愉。

這上百青松，隱含多少人的一生追求及嚮往。

吸引了我們駐足遠眺，誘惑了我們留存和拍照。三清山，擁有這些奇松，便能招致隱士和方外，不畏路遠山高了。

何況，每一迴轉，山頭更高，林相更迴異，伸展肢體般的爭高直指的異樹，竟是千年杜鵑。枝粗葉肥，高在數尺以上，更勝過了松柯，各個品種蔚然成林。春天時分，花開時候滿山谷的紅艷花朵，讓整個西邊山谷紅得飛了起來。

杜鵑紅艷滿山飛

我相信紅艷滿山欲飛燃的美景。

我相信這清修之地，杜鵑千年，難怪長得遮天蔽地。

我也相信千年花中修行，當更能獲得開悟。

不過，我更相信那些千年杜鵑是有性靈的千歲頑童，結伴歡喜的坐在青山堤沿上，雙腳長長的伸向堤沿的斜坡，拼命的踢，快樂的踢，遊戲成長的遊戲，也歷練成長的歷練。

我也可以想像那份千年杜鵑的芳美。岩礫雖惡，然而清山幅員遼闊，寒暑日夜分明，實在最適宜杜鵑灌叢的性情，可以任杜鵑恣意生長，青青翠翠，牢牢實實，撐持了山谷，也繁榮了自己。

而這意外之喜，除了千年杜鵑外，還真真見識了耳聞甚久的紅豆杉。這陽光海岸山嶺中，還有一種無價之寶的樹種，可以提煉癌症藥物又是雕刻上才的紅豆杉和白豆杉，識一尊紅豆杉木雕藝品，是喜愛木雕者最渴望的收藏。這三清山裡的紅豆杉，雖然就長在山路邊，卻沒有被砍伐的景象，可以歡歡喜喜遊賞，我撫摸了一下那樹幹和露出的樹質部份，我不愛木雕，我只是喜歡樹木他本來細緻的質地。

罹癌療程後出遊　感激老朋友相伴

我跟著好朋友，在三清山的山腹裡盤旋，我的腳程很慢，英昭和清標陪著我慢慢走。尤其西海岸山景相隔著南山和北山的深溝大谷，三千多米的懸空棧道，絕壁深不可測。我很感激老朋友，要不是他們，許多比東岳泰山還高的山峰，我哪敢舉步攀登？罹癌療程結束後第一次和朋友出門旅遊，我哪敢嘗試放下？懸天的步雲橋、仙橋墩……，高邈細脆如拋向半空的模型，在石峰石筍中飄拂的險詭，我哪能克服？

雖然一如所有已被稱為「觀光之地」的地方，都早已整理闢建了省事方便的步道，也許，三清山崇崇峻嶺，山腹內部迂迴篋奧，也許，宗教聖山都帶著肉體與心靈的十分考驗。我即使沿著石級和木棧道，仍感吃力。

不過，幸好我來了，親身頂禮，激發出的那一分的虔誠更深刻。

陰鬱的天氣裡，因為空氣散射的原因，顯露出層次分明的重重山嶺。山靜，雲動，動靜之間自有大自然的脈動運轉。旅行，有機會領會天地間岩山豁谷的奧秘，也由此閱讀地球的成長和運動，從中取得小我一己生命的方向，沉穩靜穆的修為。

所以，三清山被稱譽為道教聖山，別說道教遺蹤俯拾皆是，沖虛、蓬萊三仙、少華福地的短語處處鐫刻石壁，清絕塵囂，天下無雙福地；高凌雲漢，江南第一仙峰的聯語，也鮮明不褪。大美無言，山在說道，玉京峰、少華山、玉皇頂……，每一座山都開示著與他有緣的遊客。

我不知道三位道尊，是不是真的曾住在這兒過，三清山原本就是奇秀武夷山的餘脈，廣袤深縱的自然之景，加上宗教文化的傳衍，偌大的三清山，也更多了神秘與崇仰。

遊過三清山了，知足和疲累，告知我們體力的有限。早晨六點鐘入山，到底我們走了多少、多遠？還有多少古蹟、道觀、瀑布、清潭呢？

道貴在悟，行旅貴知雲霓的親吻、山水的呼喚。

楊萬里的詩寫入我的心坎：

莫言下嶺便無難，
賺得行人錯歡喜；
正入萬山圈子裡，
一山放行一山攔。

不用丈量上山與下山的步伐，三清山，給我一次無限時空體驗，雖然千年只是一種相對的想像，但是不論山巖也好，平原也好，都是我心田的一片自然，有自然，便見生機。

連綿不已的生機，我願稱此為最美麗的幸福。

再坐回車上，已是下午三點過半了，烈日高懸，溫度近似台灣盛夏午後兩三點鐘。

車離三清山之前，我回首遠眺東方女神，我回首看盡遠山含笑。

啊，真的，我來過了，真好。

眾仙列座三清山。

司春女神。

千里一親白鹿洞——白鹿洞書院

安靜天地

坐在食堂二樓長窗內享用午餐，稍食幾口飯菜，就想著樓下不遠處的溪流。

眼睛轉向窗外，視線全被古松擋住，蒼蒼鬱綠，要走到窗外廊台，才能望到一小塊藍天白雲。

白鹿洞書院大門。

好安靜的天地。

服務員說：這本就是過去書院內學子的用餐地。是嗎？

儒家修業食不語，那些青青子衿，端坐慢食，又是怎樣的一個情境！

遙遙遠路，來到這相較於觀光熱鬧景點顯得偏遠冷寂的白鹿洞，面對著五老峰後屏山和四野山泉的一大片青綠，才體會到陽光灑落密密麻麻的翰墨間的一股神聖和難得。這股神聖，大概就意味著千年讀書人的志節和風骨；一種難得，則是我內心歡喜及珍惜這趟「千年庭院」的景仰和不易。

隱居讀書白鹿伴隨

白鹿洞在星子縣北，廬山五老峰南後屏山下，泉石十分秀異的一處台地，西邊有左翼山，南邊卓爾山。三山環繞一塊空闊台地，其中貫道溪清流從凌雲峰來，穿過東面峽口，源遠流長的注入鄱陽湖。沒有任何塵囂雜亂。泉石之勝、好鳥枝頭，都頗助經傳文章。

所以，唐朝洛陽人李渤兄弟尋覓到如此佳景之處時，就此停下腳步，建草屋隱居讀書做學問了，山中歲月寂寥，卻而有一隻白鹿前來陪伴他，鹿是美麗的動物，有仙靈之氣的動物，李渤到哪兒，白鹿就跟隨到哪，因此大家也稱李渤為白鹿先生。後來李渤任江州（九江）刺史，舊地重遊，修建樓亭，引泉種花，命名這裡為白鹿洞。

朱熹與白鹿洞書院

這麼靜幽美好的地方，終究適合安身立命。南唐時建學置田，正式稱為廬山國學。即使因為時間及戰亂，而堙為丘墟，宋朝時，朱熹任派為星子縣知事，有一次，和門下學生前來探訪廢址，這樣靈秀天地，嚮往何如長駐？著書講學，培育士子，勝過官宦折腰，於是奏請皇上撥款修復。

修復後的白鹿洞書院，朱熹親為院長，訂下了影響後世教育深遠的〈白鹿洞書院學規〉：

父子要有親愛的情感，君臣要有相敬的禮義，夫婦要有內外的職分，長輩要有尊卑的次序，朋友要有信實的交誼。

很簡要，就從人倫開始，宗奉道德。

山門院牆，書院殿閣巍峨，亭榭錯落，石欞星門後即是具體而微的孔廟，我看到熟悉的「生民未有」的匾額，這四個字如是人間最高勳章般，只要有孔廟地方儒學殿堂，就會高高懸掛。先賢書院——朱子紀念館，八百年的桂花，香馥的陪伴著勤勤懇懇的夫子，宋儒潛沉讀書，重氣節，存天理，明是非，謹守窮則獨善其身，達則兼善天下。我跟著孟桓老師、聲儀教授，慢慢徘徊過明倫堂、文會堂、御書閣、碑群等眾多殿堂組成的古建築群，這些古建築群與周圍的淨樸的山川融合為一體，祥和的感覺，彷彿千年悠久。

其實，第一腳走進「白鹿洞書院」的歇山式門樓前，心情態度就肅穆起來，不自主的收起了觀光客的毛躁，隨著靜幽千年的院落而沉潛下來。

一條石徑，右下方溪水潺潺流過，溪清似鏡，瀑聲如梵唄，沒有太多的走馬喧囂，所以也多了漫走和沉思的逸趣。

離離紫薇一園古松

迎賓館，庭中植栽遍布，離離紫薇，花影可是佳人？蟬嘶的迴鳴，好像有些兒搖頭讀詩的況味，過去讀書人「樹林陰翳，鳴聲上下」的趣味，「苔痕上階綠，草色入簾青」的清新居樂，真讓我們沾濡一二了。走過泮池，我們在狀元橋上拍照，抬頭挺胸，充滿讀書人的英氣，彷彿又逆著時間的流，走回遠古了。

白鹿洞四周都是千年古松，像當年王子猷愛竹、蘇東坡愛竹，「何可一日無此君」。有一逸趣人張潮說雲映日而成霞，泉掛巖而成瀑，小景成畫，美畫如詩。我一直想著那麼這一園的松樹呢？一園古松也如瀑如雲。師有松，才能品高貞潔；居有松，清幽寂靜，讀書人應該仍能靜觀自得，千花百草凋零後，留向紛紛雪裡看。朱熹以另一種景觀滋潤心靈。

然而，孟桓老師問我了，你知道朱熹父親的名字嗎？

「不知道耶。」

「松！」孟桓老師說的清脆。

日日松濤成韻，都是父親的叮嚀，肅穆敬親，更容易領悟書理的深邃。

「難怪，這裡有好多千年古松。難怪，朱熹那麼有成就。」哈，我又亂說話了。

宇宙天地之心

白鹿洞，本就是山峰環合成洞，象徵著著宇宙天地的萃匯，也象徵讀書人的風骨志節，才是天地之心。參訪這偌大的書院，能否帶給自己一點兒瀟灑悠然的胸懷，引領自己了解靈魂深處最高貴的情操？

白鹿洞書院在南宋時，有朱熹大家在此講學，這裡遂成為朱子理學的發展場所，不過歷史上還有一位心學學者也曾在此講過心學，就是王陽明。王陽明五十歲在受到毀謗後，真切的領悟到自己內心的一面，進一步地了解他自己所謂的「良知」，幽谷回誦音，松濤伴琴韻，月光映簫籟，澗潭響瀑布，都是別有一番逸趣的心靈饗宴。白鹿洞書院歲月，可是王陽明生命裡的一個重要階段？

我想到《東軒筆錄》中，有一則范文正公指點孫明復的故事。

孫明復原是個秀才，因家貧且有老

院中一景與朱熹像。

母，三餐難濟，終於淪為乞丐。范仲淹三度遇到乞食的孫秀才，便替他安置工作，並且特別指導他向學之道。分別十年之後，孫明復竟成為泰山下道德高遠的一位學者。

站在朱子紀念館的桂花樹旁，我胡亂想著：如果當年范仲淹只是救濟，或只是為孫秀才找到一份工作，孫明復頂多免於饑寒，但卻終身庸碌，哪能成為一代學者及道德宗師。正因為范仲淹為他點了一盞向學的明燈。再想想范仲淹和孫明復，只是路人相遇，而范仲淹卻能竭誠相教，指點其人生道路。那麼，以傳道繼絕學為志業，一脈相承的，這個白鹿洞書院，師生之間又如何相待、相引的呢？

通過這欞星門後，就是具體而微的孔廟。

美麗的相會

千年古松天空都是青鬱的，天空底下是點點的紫荊點綴。

大葉芭蕉綠叢的鮮豔，夏日的艷陽，孟桓師和麗芬仍然一路陪著我。靜靜的走在溪水旁的步道中，享受涓涓流響，看著綠色曼妙，尤其適時的聽得孟桓師講說的故事，如同溽暑中的涼風，是透自心底沁涼美麗的相會，真正美麗的神靈，是千年累積只能感覺的氛圍。

無邊的風語，自很遠的山谷中吹來，這樣好的天地，因為它有千年的內涵，多麼希望有多一些訪客前來，即使只是過客，人與環境互動，就有看山水的至樂。

真好，我有機會前來。

我喜愛並珍惜這樣一趟的文化之旅。

迤邐金鞭溪，行啊行！
——張家界

深巖峰壁中的細緻瓷品

如是一件泛著琉璃光華的細緻瓷品，在粗獷嶙峋的張家界群景中，金鞭溪給旅人另一種溫柔、靜定的感覺。

我們這一班人，是跟隨著旅行團走的最通俗的路線，由黃龍泉景區的鴛鴦溪峽谷下抵達張家界國家森林公園。天子山處處是巨木、深巖、鳥獸、峰壁。人家說天子山峰三千，水八百，可惜的是我們只能看到的是有山無水，河床上石塊壘壘，剛硬缺乏溫婉的景色。

從鴛鴦溪下游是山中的一個小小盆地，天子山、索谿峪、張家界三大景區在此連結，並且神奇的圍成一個盆地，難怪儒家老祖宗要說天地大德，處處生機。

緣溪行忘情佇立

午後我們進入張家界森林公園向右走入金鞭溪。

沿著被巨巖和叢樹引導的一條窄徑，踩著偶有石塊，偶有小圓柱舖疊、安放的路徑走去，一彎清淺的金鞭溪就在身旁，完全不同於天子山的剛毅魁梧，危巖陡崖，金鞭溪平緩潺湲，舒適而蔭涼。我們只有九個的一團人，頗有默契的都放慢了腳步，彷彿已經化身為徐霞客，正在探索大地這一局奇山異水。

由於金鞭溪的溪水多由山泉匯流，十分清澈，我們緣溪行，一面走著聊著，交換工作的經歷和生活的趣事，一面隨興俯望山樹和山岩的倒影或仰望山巖的崢嶸，如果將巨岩怪石聆聽成高八度音的拔地而起，倒影就像短笛伴奏了。也由於觸目都是讓人眼睛明亮，忘情佇立的群巖團峰，旅行團中的地陪解說很用心的講述著巨岩的故事：夫妻深情、金劍劈天，……，天地的質實與人文的想像、附會，同行共舞，鼓舞了我們的腳程。那些故事是我們熟悉的，但風景只為喜愛她的人而存在，她能喚醒人們心中很多被遺忘的東西，像愛情、想像、淳樸、美感……等。

也由於是千萬年的藝術，蒼崖上不時有藤蔓垂下，完全的堅硬，好像鋼纜般拋擲，又重又有力。有個詞語說：見微知著，由這一隅，就可看出整個金鞭溪，有磐石縈空，又有曲水流觴，有老樹護祐，也有楞角杈枒；而沒有樹木依著的山岩也卻隱藏著幽幽的孤寂和冷峻。

同團中有人說著可能是說笑吧，說逍遙這一趟可以寫出多少好文章呢？其實這裡哪一處的美景是容易描摹的？金鞭溪畔多種珍奇的樹木，酸棗、紫壇、豹皮樟、毛紅椿、利川潤楠……，溪中陽光充足，鮮少颶風，所以長得又高又直，當然，也有幾棵橫向發展，伸向溪中，給遠來的遊客留下疏影橫斜水清淺的韻致。

不老之泉

半途中有一處泉水匯集處，活水汩汩，當地人說是不老之泉，大家都在那兒掬捧飲用，我不敢生飲任何東西，但仍掬些水來洗了洗臉耳、手臂，一點水泉沾入嘴唇，果然感覺有些甘甜。金鞭溪部分路段很像我們台灣烏來的山林小徑，可惜烏來的溪水和山谷沒有這兒的乾淨，可能是嚴罰和勤掃，讓大家有些謹慎和敬畏。雖然張家界國家森林區為便利旅遊者，也為保護山區，而鋪了一段段的石板路，殊不知人本身才是最大的垃圾和破壞者。

不過，我認為人也可以是山林最好的知音。

我喜歡山岩谿壑間的纍纍石床，那些滾滾石濤如是一道道凝固的瀑布，雖然我們不免惋惜多處的有山無水。我更喜歡溪畔林樹下叢叢簇簇的野花，精緻得像小瓶中吹出來的彩色氣泡，尤其有一種像蝦子蜷曲的紅色小花，在綠茸茸如浪的草葉中，格外好看和浪漫。大家忙著拍照，我更是忙碌的不斷切換遠近鏡頭，先生不喜歡我這樣瘋狂拍照，幾次制止我。其實學畫後，我才知道自己要什麼，要怎樣的景，要怎樣的人物，更寶愛不同的風俗，比如說這高山萬巖中匆匆而過的轎夫背影，是多麼無言的宣示：有生活的任重和道遠，有他們的隨遇而安，有他們在山林中的淋漓汗水。自然風光、真實人生，才是我們繪畫和寫作的最好老師。

豪邁兼有溫柔

總說回憶這一段旅程，既有荒山峻嶺中的冒險趣味，又有尋幽訪勝之妙，隱隱痠疼的雙腿，更讓我們確知用身體擁抱這個天地的滿足，尤其溪盡處，晚照正相迎。

啊！何其安頓的天地，這樣豪邁兼有溫柔的山林。

左上　金鞭溪在張家界森林公園內。

右上　瀑布小橋頗多樂趣。

下　　豪邁兼有溫柔的山林。

懷春待嫁的仙女
——貴溪仙水岩

山水綠彩田疇弄墨

天地間有個好地方。有千年劈開的王母仙桃；有千年不凋謝的出水蓮花；有懷春撩人的待嫁仙女。

這個地方在江西貴溪縣，有岩有水更有仙的仙水岩。

走過雕著各種的「龍與虎圖騰」的龍虎橋，便是枝葉參差，蔽空蔭地的寬平路徑，潺潺湯湯的瀘溪河彎延在綠蔭外。

啊！好個清涼地。

讚嘆中，我們已來到仙水岩——龍虎山脈的一段風景點。

仙桃與水蓮

坐上排班等待在溪邊的長型木舟，長木舟船首船尾，各有持竿的舟子候立。解纜後，舟子操竿，插水刺天，倏地長木舟就划向河中水道，搖晃在漾漾水天、蒼蒼山色之間了。

慢慢搖啊，慢慢晃啊，河風拂面，山光照眼。

山水綠彩，田疇弄墨，一卷山水長軸。

我心裡歡喜的：不必有什麼既定的行程了，這樣的「閱讀」過程，已令人心胸開朗，情緒愉快。

一處叢聚山岩下，透心的沁涼，立刻兜頭而下，小舟停泛。高聳的巨岩奇崖，仆投著濃黑的倒影，深悠水面多了一分清冷和神秘；等待在岩崖下的竹筏，圍攏前來，船娘的兜售聲，颯颯江聲裡多了些高音鑼鈸。順依著崖壁，仰頭瞧去，奇崖頂處，有樓閣凌空，彩亭高築。飛簷、紅柱，在七月的晴雲下，標注著這段山水的瑰麗神話。

船隻再行，行於江水中間，舟上，天青雲白，朗闊輕逸；舟下，水碧漪白，深沉泓湧；而河面上下空明，江水兩岸，有巨岩奇崖，間有平坦田疇。水牛頭露碩大牛角，在河中泡涼戲水；船孃在江流中清洗著剛收採的蔬果；帶著鸕鶿和魚簍的捕魚男子，不遠處一個掩映樹林中的村落隱隱傳來說話聲，再轉身回首，山迴峰轉，水遠天長。有誰不喜歡這樣富於人間情味的溪河呢？

我們船上的導遊姑娘，嬌小健康，笑意盈盈。風聲水聲中，傳來她特有音調的介紹：

「我們說這條河有桂林漓江之美，你們知道都叫它是什麼河嗎？小漓江。」

其實，江水美就足夠了，哪在意叫什麼名。

忽而，她更興奮，大聲：「你們看前面那個大岩石像什麼？」大家早做了功課來旅行的，但是還是沒等有人回答，她就先應答：「是個劈開的仙桃。是王母娘娘過壽的仙桃，劈開要給王母娘娘品嘗時，被頑皮的孫悟空一腳踢到這兒來了。王母娘娘的仙桃，吃不得。」仙水岩的一景，千年仙桃。導遊姑娘的的解說，我想著古代人的說書。

也好在吃不得，否則仙水岩畔，那還有奇岩可共欣賞的呢？

漣漪一圈圈，迴護著永遠新鮮的仙桃，王母娘娘不知今日高壽多少了？

「前邊！妳們看，浮在水面上的那叢岩石像什麼？像不像一朵盛開的蓮花？」

「很像。很像。」瓣瓣尖潤，真是盛開的水蓮。導遊姑娘得意的卻也慢條斯里的訓著：

「你們喜歡嗎？嗯，不行，不行，蓮花出水採不得」。

好！好！好！採不得，不得採。萬年蓮花象徵永福永壽，豪權巨賈豈不群求而「必得」，納入私人園林宅第。

萬年蓮花在凡人眼中是永恆長久，象徵極樂尊貴。其實，所有能象徵富貴吉祥的，哪一項不讓凡人趨之若鶩？

一個時辰前，剛踏上長木舟，尚未觀山遊水前，我們已先觀看了一段升官表演。有不少遊客更是衝著那表演而來。

升官發財從天而降

「升官發財，肯定人人要的。」導遊姑娘直率的嚷著。「讓你看得掉眼珠子。」

長型木舟，碇泊到河上一處絕壁山崖下停駐。

絕壁山崖，直垂入江，岩稜凜凜，卻有洞穴多處，大小不一。再一看，那一帶山崖草木稀少，昭見累累洞穴，洞穴邊儼儼處赫然可見一具具棺木。——就是聽聞多時、中外聞名的懸棺。

為什麼有懸棺葬俗？山巖那麼高究竟為何？棺木如何安放入那樣高屏接近天堂的地方？

一部人類的歷史，其中，有許多後世人不解、好奇，而且值得探尋的。

「懸棺表演開始，升棺——。」只見岩下一小船上已備置了一具棺木，而山岩高處，則有短打裝束的三位年輕人。

懸棺表演的內容，根據一位多年前從美國加州來到仙水岩這地方的人類學專家的研究發現。

三兄弟，兩位在山岩上等待，負責拉軸以繩索纜線將棺木升至高岩某處，另一兄弟則以另一繩索墜立升啟的棺上，再和棺木一起盪曳，幾次搖盪後，非常精準的完成那個懸棺置於高穴的安放。

高穴上的懸棺昭昭眼前，水天間向人們攤展歷史的遺痕。懸棺曾是中土古僚人、僰人的傳統葬俗。仙水岩一帶曾是僚人聚居的所在，其他還有雲南、湖北、四川、貴州等地的岩崖區。然而，明萬曆年之後，懸棺葬俗的記載便終止了，古僚族的後裔到哪兒去了呢？

升官了嗎？快點快點，馬上馬上。

「你們回家後肯定升官。」導遊姑娘轉動黑眼珠，說著。

棺官都已升上了。我們仍頻頻回首。是啊，我希望能升官，讓我自己選一個高官來做做山中宰相，管山管水管竹，批賞這江上巨蓮，江上清風。

小舟漂流，河風輕拂，又轉個彎道，更入水淼天長裡。「巨蓮」也悠悠隱沒在水上晴嵐中，驚鴻一瞥，像似短暫的凡人歲月。

懷春仙女，仙女懷春

導遊姑娘說：「上岸後沿路轉彎，山陰坳處就是『懷春仙女，仙女懷春』」。

起程解纜處，也是下錨登岸處，再盛大的

仙水岩所在的這一段瀘溪河有小漓江美稱。

筵席也終有最後的送客。

棄舟拾路，來到山坳，巨岩高閣擋住了照眼的陽光。巨岩中裂成數瓣，裂隙中有隱隱細泉。上下再一瀏覽，豁然了悟，同隊的友人們互相莞爾一笑。天地的藝術，誰也不知祂要在哪一處展現祂的哪一作品？

人倫之始，又有什麼故事傳說呢？

盤古開天地，渾沌出人世，有個仙女下凡來，遇見一個俊美書生，仙女見書生溫文儒雅，才華俊逸，一心想要婚嫁。玉皇大帝得知，差下南極仙翁，斥罵那待嫁的仙女。

「天上仙姑，怎能匹配凡間男子？」

「織女不也嫁牛郎！」

「婚配要門當……」

仙女仙翁各執一辭，爭吵不休。仙翁說不過，急得一跺腳，忽然，天庭大開，雷電劈山，

有仙桃有蓮花，更有美麗的仙女。

仙女未留神，竟摔個四腳朝天，又墜下了人間，留下了那天下第一奇觀。

傳說自有趣味，民間活力使仙界多些情味，而仙界情味使山水多些神秘，山水也因神秘而更增添了人們談說的興味。

貴溪是個山明水秀、地靈物華的好地方，大儒陸九淵曾到此來講學；仙水岩不遠處，是龍虎山道教創始聖地。道觀巍峨，仙水擁岩，這天地的神聖，就足以讓人從不同的方向，化性情、增見識、立胸懷、啟迪思維、成全智慧。所以，我還是衷心的朝拜。

雖然，終究是仙桃劈開吃不得；蓮花出水採不得；仙女懷春配不得。不過，雖是凡人，但是仙境走一遭，足夠含受些仙風道骨了吧？

溯溪而上，仙女就住在山後。

長溝流去秦淮月

——南京秦淮河

秦淮河的水是碧陰陰的；看起來厚而不膩；或者是六朝金粉所凝麼？我們初上船的時候，天色還未斷黑，那漾漾的柔波是這樣的恬靜、委婉，使我們一面有水闊天空之想，一面又憧憬著紙醉金迷之境了。等到燈火變為沉沉了，黯淡的水光，像夢一般……

這是朱自清《槳聲燈影裡的秦淮河》中的一段描述，每讀一遍，我就心動一分。秦淮河，一個飽經歷史滄桑和久享詩曲醇酒的地方，她的風情我實在無法描摹。我！遠在台灣的一個女子，什麼時候才能來到那六朝煙雨、風月萃集的秦淮河邊，一嗅那些文人的風流遺韻，一訪那些遙遠卻似熟悉的歷史足跡，或者買歌一醉，也來個朱自清式的槳聲燈影秦淮遊？

終於有機會能叩響金陵古城的門環。在流火七月的夜晚，來到吹拂著千年旖旎風華的秦淮河畔。下榻的狀元樓酒店才安排妥當，就急急忙忙出門遊賞了。

秦淮河，古名淮水，又稱龍藏浦。相傳秦始皇忌諱它王氣甚旺，便下令開山斷水，引淮河北流以泄王氣，秦淮由此而得名。巍巍乎自然，唉！是怎樣剛愎自大的人，會如此愚昧的亟欲左右天地？兩千年歷史煙靄沉沉，曾經叱吒的始皇帝早已歸為一坏黃土，淮水淙淙卻仍是人們流連、吟詠的柔媚之鄉，明清之時，兩岸酒樓茶肆燈火通明，燈船之盛，天下所無。

此刻，西元二〇〇一年的七月某一天，濛濛夜色正照秦淮河西岸，長街上新修的仿古建築商家櫛比鱗次，排排大紅燈籠照亮了蹓達的行人，以及北岸夫子廟的學府貢院古建築群，南岸一軸長卷似的朱紅照壁，更照亮了壁旁一溜河房河廳。此情此景，真是一絲絲的秦淮風月，令人徘徊。不過，倚欄而立穿著短褲涼衫的熙攘人群；高掛內衣絲襪的店鋪；喧嚷在巷弄間的流行音樂；尤其愈是入夜後，推車賣燒烤的么喝聲，又如市集菜場般推擠雜亂，也有如過年節前的台灣夜市。

然而，這兒畢竟是秦淮河，她的風韻就是迷惑著我，我興致勃勃沿著堤岸步下石階，看燈籠光影倒映在河水中；看兩岸人家的窗欞珠簾開闔在夜風中；看偶爾划過河心的小船畫舫。晚風中，帶著些陌生的不安，尋找傳說中的桃葉渡——晉代著名書法家王獻之迎接他的情人桃葉的擺渡之處。也更是豎起耳朵，想要聆聽可否有秦淮歌伎唱支小曲或情歌？

「奇怪，我豎起耳朵怎也聽不到什麼歌伎唱歌？」

父親和我前來，他回答得明快：「秦淮早已老去。」「年輕的哪會唱小曲！」

就在和父親說笑中，我們打算走走貢院街，上文德橋，去看看李香君故居。其實，我很明白六朝已遠了，明清也遠了，李香君也早已不在了，貢院街，那多麼富傳統的舊街，也是迤邐一路十足新潮的店家和流行。但是，不知怎地，就是有一種懷舊和不捨。

李香君是清初劇作家孔尚任名作《桃花扇》中的女主角。《桃花扇》故事寫的是李香君與明末復社文人領袖侯方域的愛情，內涵則是「借離合之情，寫興亡之感」。忠於愛情怒斥權奸，最後寧為玉碎的李香君，也成為深入人心的中國戲曲舞台人物。

「香君故宅怕不同於以往模樣吧？」

「重建了？」

「想也是！哪能保留到今？」

真真是尋訪舊時的心情，我對父親如此說。

「當散散步吧！」父親年逾八十，比我豁達。

走著走著，可惜因為夜晚，因為貪看市井小買賣，誤走了一條斜巷，走上另一座小橋，更錯過了香君宅院。燈火迷茫處，在一處巷弄牆角上，看到一塊搪瓷路牌……「烏衣巷」。

「烏衣巷？」

「烏衣巷口。」

朱雀橋邊野草花，烏衣巷口夕陽斜，劉禹錫詩中的烏衣巷？在此？

我不能置信的駐足看著眼前的深宅大院。固然是古式仕宦宅第，但是怎也沒有一種富貴莊嚴之感，尤其，夾在夜市攤販間，格外顯得迫窘蒼涼。三國時，原是孫吳的衛戍部隊駐紮此地，那時身著黑衣的兵士，多麼俊拔啊！駐地所在，被稱為烏衣巷的大宅門院，又該是另一種氣派啊！東晉時，成為王謝兩大家族的門宅，王謝人家，子弟多清俊，門下人才又輩出，那時烏衣巷又何等風光？所以，此刻，我走在低矮民居不能通汽車的巷弄裡，心情整個黯沉、落寞起來。

雖然，我也說不清黯沉落寞的具體原因，應該是感傷著任何勝跡，在歲月長河中翻滾，流入現實，都不免蒼涼破敗吧？文學的不朽，深刻地鏤入記憶，才是永遠褪不去的華采，這也才是文學藝術的迷人。

感傷裡走著，南京城裡的夜風，我深深吐納和擁抱著。突然間，手臂上落有豆大的清涼。

下雨了。

還是要歡喜些。父親說完，拍拍我的手。

今夜的雨全部會流入秦淮河的。

西湖驟雨

——西湖遊

才步下西湖游船，正待深入藕花曲徑，老天沒預告的，便下起了豆大的陣雨。雨點急簌簌灑落，清冷入耳，翳掩了陽光的照射，湖上立刻泛起一片白茫。

遠處的湖，淡到不可模擬；遠處的山，卻仍是層層疊疊，山色深沉，許是蓊鬱的樹吧！微靛裡帶些墨灰。

我發現雨也有手哩！把中國山水畫中的墨趣，一股腦兒地潑灑給了西湖。所有的柳綠青碧，全成了水墨的映襯，使得西湖的景致由緋紅翠綠一轉而為酣厚淋漓，尤其極遠處，淡微幾與天色相溶。塔、亭、島……，似乎不再堅持是某種的形體，而是種種凝眸、徜徉、錯落、側傾的嫵媚和流轉。而雨更順著那種嫵媚、流轉而奔放。

這是西湖的夏雨，也是夏雨中的西湖。不是有人說過：「晴湖不如雨湖，雨湖不如月湖」

嗎？這樣的雨，這樣的大地和湖泊，多少年來讀著描寫西湖的詩詞，西湖的小品，這難道是另一種「花態柳情，山容水意」？

其實，我根本不懂西湖，第一次奔赴前來，知心不如袁宏道，癡迷不如張陶庵。不過，我已確知這真是一種快樂的經驗，由內心裡竄昇的歡喜呀！是老天成全我的意外之喜，否則我怎能在一時間就領會了「湖光瀲豔晴偏好，山色空濛雨亦奇」的神妙。

雨，直直下著，遊客仍如織絲般穿梭，我，站立一株柳前望著飛霧癡立，我知道它是一場驟雨，我也想看到它雨霽後的清爽才是盡興。

真的，還真的只是一場驟雨，走出了柳隄、迴廊，雨珠就收尾了，我也才感覺到濕熱的雨水留駐在我一整個衣背上。我也有種快樂的感動：好像西湖就混合著雨水，移到了我的心中。

西湖是溫熱的啊！

我想起了臨行前，一位尊長提示我的一段旅遊心得。那位尊長是財經界的佼佼者，事業頗有成就。有次，他到洞庭湖一遊，吩咐接待人員不要安排豪華酒店，只要找間湖濱小屋就可。坐在湖邊，什麼都不必做，就用心感受，所有的美就出現了。他說：「我坐在湖邊，很用心的想著這湖水，讀著從心底浮現出來的文句。年少時候讀過的岳陽樓記，都成了風景……」

此刻，我也是靜靜地坐在西湖邊，靜靜地聽雨聲，聽風景，雨珠有節奏地敲彈，像夏天無聲無息的來臨；水氣把綠葉草地裡的清香蒸騰起來了，像朱柑綠橘半甜的滋味；更別說微風輕拂過樹梢枝椏，滴打搖拍的哼呀唧呀的萬籟，都莫名其妙的清楚聽著出來了。

不諱言的，自己初始最渴望一遊西湖的時辰還是春日，桃花抹紅，湖光染翠。住在四季如夏的台灣，是多少有些嚮往四季分明之美的，比如冬天殘雪尚且在山頭浮晃；平野間百花已爭妍般盡情怒放，能用視覺感受季節神妙迅速的變化，畢竟是新鮮有趣事。

然而，一生行旅，有幾回能夠挑選上最稱心的時節，反而不妨隨緣歡喜，用心賞遊，常無閒事掛心頭，安享人間好時節。這樣來看，西湖的美我是擁抱到了。

所以，炎熱的夏陽裡，我歡喜地感覺溼熱的西湖。

所以，炎熱的夏陽裡，我歡喜地領受驟雨來訪的西湖。也歡喜地撫摸雨止雲收後煥然一新的蘇堤。和著心底的唱盤一起轉動，一曲一曲，良久、良久。古人說：「獨戀青山久，唯令白髮新」。因戀著青山，所以，忍令白髮添新，我相信就是這個境界。

我也突然聰明起來，對那位尊長有著另一種無關乎地位、事業的認識……「用心隨興遊，淡泊見真性」，正是他的可愛處，也因為那份真性情，讓他超然市儈爭逐中，仍有淳厚的赤子心。

西湖驟雨，西湖的美，我是真真擁抱到了。

南京的梧桐
——南京遊

像是平劇裡的青衣女子，舉止一派閨秀，眉宇間卻不免有些兒落寞。

處處是高大齊整的梧桐，遮去了半個路面的綠蔭，成群騎著單車的人潮，以及自那些高大排闥的梧桐樹蔭下近來又遠去的身影。

不知是因為午後，不知是因為梧桐，或者不知為什麼，第一眼，南京給我的感覺是樸拙、靜閒閒的。

初中時候，就讀過蘇雪林女士的一篇〈禿的梧桐〉：丈多高的樹幹，巴掌大的葉兒，遮蓋了兩家草場的清蔭，都是我美好的回憶。我也記得那時教我的國文老師，用很濃很濃的鄉音，講述著南京城的梧桐……。一時間，年少時聽課的印象，就在我走往孫中山先生臨時總統府的路上時忽忽襲來。

而這些年，更有一篇〈夢裡梧桐〉曾深深感動著我，文章裡說：南京，百分之八十的城市綠化，全是高大梧桐的精心之作，站在樹幹下，仰首看著大大的葉，層次分明交錯成一把濃傘。作者便明白，他們曾經相遇且動情。

此刻，我也走在遐思多時的梧桐樹下，並且同樣地深情感動，梧桐展開結實的雙臂，向前輕馳盪開，右街、左街，逕自潑染。中華古城門，因高大的梧桐，瞬間有了時光隧道的趣味；延安路、解放路，高大的梧桐啪地啪地像扇子搧去了我對那些街名字眼的不適和驚恐。成排的單車騎過灰瓦泥牆的民宅前，也是宅前的梧桐樹給與了我對彼岸生活的認同和期望。中山陵、明孝陵，一山的碧綠，滿陵的翠葉，更因那些梧桐，歷史的莊嚴和不朽才能自然地自心底撲湧而生。所以，當開車師傅逕自地梭巡在各道各路，自城東拉車至城西打尖用飯時，我已經轉不耐為歡喜，認定是一種難得的邂逅了。

不過，我仍是按捺不下的衝動，問了一問隨隊的地陪，有得租單車的嗎？

她說：你出高些價，也許有個人吧，願意借你一騎。

當然，我也始終沒有試試。在兩岸人民間尚未能互相信任前，在視台灣同胞為財源的錯誤未能導正前，恐怕美好的浪漫也都會招惹些麻煩來。

其實，在訪遊南京市之前，已曾有過兩、三趟的大陸行了，走過許多城市，都能見到如潮水般的單車車陣，如廣州、如昆明，壯觀的車陣是城市的生活要項，於是，這也讓我更加喜愛台北了。雖然台北生活忙碌緊張；台北腹地狹窄擁擠，然而，我們卻有沿着新店溪、基隆河等河濱公園的腳踏車專用車道，以及非常低廉便宜的租車辦法。在粼粼河水，徐徐涼風相伴下，可以恣情地放心地，和許多友人、同事，並肩遠遊。

同時，也由這兒，我忍不住要暗笑自己貪玩、不安分的個性了。最浪漫的浪遊方式，便是帶著好吃的點心、乾糧，還有一瓶涼開水，雙手握把，踩著雙輪，踩車的節奏配著車輛鏈條鏗然相應，心隨風飄，身子正在天地間。多美好的享受啊！難怪，在南京城，我也躍躍欲試，單車遊城的滋味了。

可是，畢竟騎單車太鄉村味重了，再加上高大的梧桐，樹枝交肱疊股，反覆相牽，南京城也就格外多了些靜寂。我私下便認為南京城是個深沉靜冷的城，看盡了往事繁華後，卻還來不及變換自己的腳步。

沒有上海十里洋場的目眩神迷，也沒有北京權高位重的氣勢威儀。也因為如此，走在南京城裡，便多了些自在和感性，尤其，黃昏時，西斜的太陽將梧桐樹影錯落映照在幾處高樓屋牆上，像一匹百丈石綠絹布，有種情感與暮色齊來，自己就沉入了那很中國的感覺裡了。

噯！南京城，其實我哪裡懂得什麼呢？

雜思．平山堂

——揚州小記

乘船遊瘦西湖，最後一景便是平山堂。

蜀崗山丘一朵清蓮

下船，在頻頻回望瘦西湖一片綠柳波光的同時，我們步上往堂前去的台階。迤麗的蜀崗山丘，脩竹高樹，四面松林，如浪花簇擁著上方的一朵清蓮——平山堂。

平山堂是歐陽脩任揚州太守時所建的一座廳堂。文人的軼事、政治家的風骨，化成一股柔柔的風，引導著神往的心靈，也推動了我們漫遊的腳步。

為什麼會稱叫平山堂？因為廳堂建於蜀崗之上，憑欄遠眺，江南群山多與堂平。正如堂裡的一副對聯：

曉起憑欄，六代青山都到眼；

晚來把酒，二分明月正當頭。

的確，歐陽脩不但喜歡在這平山堂中遊宴文士好友，更派人摘取荷花千朵，行酒時，以花傳客，依次摘取花瓣，花瓣摘盡處就行罰酒，往往總要到夜半載月而歸。多麼浪漫的韻事！文人風雅，才讓平山堂倍增嫵媚，也讓這一路的腳程，倍增赴約的興奮。

六代青山都到眼

這一趟江南行，已經拜望過許多富商名賈的廳堂，相較之下只覺平山堂的確是普通與簡單了。約是舊式廳堂陳設，正廳一條長案，一張八仙桌，一邊一把靠椅，最兩側則又有兩把夾著茶几的小靠椅，擺設只能說是疏落有致而已，但這也更彰顯了一代名臣歐陽脩平易、質樸的本性，也許宗師風範最喜與民同樂。

這大堂敞開，像似歡迎遠客，於是我們一團十五人，毫不拘束的便將廳堂簇擁得熱熱鬧鬧的。我站在堂中一隅，想像著遊宴的歡樂；我們的團長國華老師坐在紅木椅上，狀似悠閒品茗、聆聽鳥囀；團中的吳主任坐在國華老師旁邊的另一張靠椅上，直笑說：「我來做『吳楊脩』，大家請坐，來，來，作詩！作詩。」這可引起另外一位同事高嚷他是「蘇西波」，自願貶官來此飲酒、過人生。「過人生，說得好。」我笑說才一會兒工夫，他已受歐陽脩濡染教化，能推闊得開，能有浪漫的人文情懷了。

我私自以為歐陽脩定是很愛黃昏的：愛那種一日將盡，炊煙裊裊的溫馨；愛那種折騰一日，此刻小歇的放縱，正如大河出峽，平原開展的適意；愛那小小院落鑲著林後斜陽，天色燦爛，一如生命中的那些甜美回憶。琥珀色的暮光，為貶謫帶來些溫暖；為憂思帶來些浪漫。

平山堂大廳前，搭有一座長長棚架，直向瘦西湖去的方向，種的全是紫藤。雖然夏季花時已過，威蕤綠葉排闥，景觀仍是宜詩也宜文。

然而，歐陽脩只是吟風弄月的文士嗎？落日餘暉漫天時；賓客歡樂杯觥交錯，遙望京畿時，心中又是多少盼望？瀟灑曠達下又隱藏了多少去國懷鄉之情？

來遊平山堂的前晚，讀了一會兒的宋詩。讀到歐陽脩的〈秋懷詩〉格外感觸。因為參與新政，而被貶至揚州，寄情山水以排愁緒。秋懷詩固然顯現一代文豪的文采，更顯現一代名臣公忠體國。歐陽脩深深以為：身為國家官員，領國家豐厚薪水，卻不能使國家興盛，造福百姓，內心頗感自責，不如找個安靜的地方，過隱居生活，尚能心安理得。

〈秋懷〉是一首五言律詩：

節物豈不好，秋懷何黯然？
西風酒旗市；細雨菊花天。
感事悲霜鬢，包羞食萬錢。
鹿車終自駕，歸去潁東田。

詩中的包羞，指的是反省思考。鹿車，是一種小車子，不講氣派，可以在小路上行走。

歐陽脩與蘇東坡

宋朝國策重文輕武，又建都開封，國勢一直積弱不振，一心念著天下蒼生，不戀官位的歐陽脩，是多麼期望有後起之秀來接棒，有青年才俊來振衰起敝。典範人物的格調是這樣，流淌園中的氣息也就格外淳厚與沁涼了。

徜徉平山堂，也令人思憶蘇東坡。蘇東坡是歐陽脩作主考官時擢拔的學生。見了蘇東坡的策論大為讚賞。後來出了殿試，收到蘇東坡進士及第後的謝函，忍不住對人說：「讀軾書不覺汗出，快哉！快哉！」歐陽脩說這話與時，是為國家慶幸得到人才，是心胸無私的坦蕩啊！

宋神宗熙寧四年以後，蘇東坡開始仕途坎坷，宦海浮沉。做官的中國讀書人，像他那樣文章、詩、詞、書、畫、音樂……樣樣精深的全才，屈指數不出一、二！但是，像他那樣從河南開封一路被貶到海南島的更少了。

有人會說，為什麼不學陶淵明乾脆罷官歸隱，種豆南山？然而，朝代不同，情勢不同，有的朝代，讀書人一踏上仕途，便像是走上不歸路，辭官、歸隱，都不再是自己能夠作主。可愛的是不論歐陽脩或是蘇東坡，雖然一再被貶官，仍然保有骨氣，保有不放棄理想的文人氣質。

宦遊四海，停駐多少港岸？而還將飄泊多少年？歷經多少風霜？星月間飄動的白髮知道嗎？只有那一方跳動在湖海上的心思，才能讓所有生命的祕境，在天地間展現莊嚴。現實太淺，京畿太小，難以容納他們狂放不羈的熱情。

也可能是造化的別有安排，歐陽脩、蘇東坡的被貶官，才得以在長江以南的許多地方留下他們的墨跡和種種動人的傳說。平山堂得以擴建成規模，吸引著無數的後人前來——至少我們就是。

人生的得與失，交由歷史來評斷吧！

千里的拜望，好像一圓了仰望的夢。穿過堂弄，步下崗丘，不捨的、流連的頻頻回首。平山堂像一雙趺疊的手，托住了一片寧靜和深幽；也好像一把大琴，放置在歷史人文的頂峰，彈唱著一曲高音。

多少歷史事，升斗小民的我，是無法理解那個時代的恩恩怨怨，花落水流，百代過客，此刻所有的言語都屬多餘，為人的風骨或許才是後代人瞻仰崇敬的！好像這平山堂的雍容，如燈塔在長夜裡逡巡；修竹松籟，在風中傳來縷縷清唱。

樸拙的平山堂，物換星移後，雖然如今堂前仍有一片開闊，堂後一口深井仍在，流泉清潺。但是時空流轉，早已不是可以任意將眼神望向湖波翠碧，遠山含笑的那個當時了，遙想當時原始的、單純的、沒有遮攔的遼闊，彎身即可汲水釀酒烹茶的自在，有一點感傷，更有一點欣羨。

殘餘的霞光，將蜀崗上的每一棵巨松映照得更加清晰，不遠處瘦西湖上湧起一席淡淡的煙嵐，平山堂更顯得寬舒，如畫如歌了。

卷四

古橋詩意中
——清華鎮彩虹橋

來到婺源，「橋」——各式的橋，就是許多的美麗景點。婺源清華鎮的彩虹橋，人們稱美是吉祥美麗的宋代廊橋，而且是中國古代廊橋史上的絕版。

柳條蘆葦彩虹廊橋

根據我找來的資料敘述：這座彩虹橋，建於南宋，距今一千多年，歷史悠久啊！全長一百四十多米，是目前保存最完整，設計最科學的一座橋樑。

所以，當我們頂著炎陽，來到清華鎮的婺水河邊，舒爽徐潤的河風，輕盈而從容的過橋行人身影，以及黑褐色木造長亭般的橋面映入眼簾時，簡直是讓我們所有的人都飛騰起來。

柳條、蘆葦、綠蔭，彷彿油彩未乾的畫，撐著竹筏的鄉人，更彷彿適時出場的表演人，一身鄉野詩人的氣質。耳聞慕名的古橋，從書本雜誌中跳出，真真實實在眼前，怎能不看個盡興？於是，上橋、下橋、橋前、橋後，大夥拍照和玩耍得不亦樂乎。

令我們佩服的是這整個橋的防洪體系設計，體現了古代造橋師傅們的超人的智慧。他們特別設計了分水尖，每個橋墩建造得像一隻梭船，上游迎水面像船頭，下游一端則像船尾，在船頭迎水的尖沿，特別安置一根三角形鐵柱，用來分散洶湧的洪水。這船型的橋墩以現代科學來看，是很符合近代流體力學的科學原理。唉！古人沒有接受什麼物理學、造船學的教育，卻仍能有新進的科學的構思，應該說利用、厚生，用心就會生智慧吧！

至於彩虹橋上部分的設計，橋廊通風且設有幾處靠椅，很簡單實用，這也說明了越簡單實用越容易傳承延續的哲學。有趣的是，橋墩與橋廊交疊處，蔓生很多像日日春的黃色野花。一座橋，不但是水陸交通的脈絡，更是大地景觀上的美麗；是生活行路上的安全，更是心靈中的依賴。

水中跳格子石蹬橋

不過，若是水流不湍急，不必涉水，卻又有涉水之樂；明明是趕路，卻又能玩水嬉戲。太棒了，彩虹橋下游不遠處，有一座石蹬橋，山間大岩塊，堆排如凳椅的置於河水中，一步一凳，哇！小時候的跳格子遊戲又回來了。清澈沁涼的河水中，倒映著自己紅透的臉頰，矯健的手腳，多麼的好玩和值得回味，發明這種橋的人一定聰明又頑皮。

一路上，我拍了很多的橋，透過車窗拍下的驚鴻一瞥，與以前生活有關聯的，具有地方特色的，最後我自己都要自嘲起來：拍那麼多座的橋做什麼呀？

真的，做什麼呀？

我自己認識的第一座古橋，正是「夜落烏啼霜滿天，江楓漁火對愁眠；姑蘇城外寒山寺，夜半鐘聲到客船。」的「楓橋」。記得那天，我站在楓橋上就背誦著那首七絕，覺得有很不可思議的快樂，那快樂，興奮了我好久、好久。我認定了：因為那座橋，才有那首有意味的詩。

那麼，少了那座橋，是不是就少了那分意味了？

嚴田村看古樟樹，千年樟樹壯偉，樟樹前那一灣小溪水，一灣小石橋，更是點睛之妙。古樹扶疏垂懸橋上，橋下，村人划著竹筏，盪開漣漪，真是來到最美的田園風光裡了，畫面渾然天成，信手可捻。

說來，鄉間最尋常的石拱橋，每一個橋孔都是一隻眼睛，映出阡陌的水道，映出前街後河，橋與巷相聯的生民風情，尤其，自己再漫步於上，就是畫中人或古代美女了。

橋，千姿百態，是詩靈，也是畫稿，我真真感受橋的魅力誘人。

古橋，聯絡交通，增添景態，更含有說不完的動人故事。

飲水思源通濟廊橋

傍晚。我們來到思溪小村。一入村口，就是一座名為「通濟」的廊橋。橋上，坐滿了村中長老，有的搖著風扇，有的哈著香煙。一座橋，成了村人最無拘束的相聚的地方。

一個老者見我們好奇作筆記和拍照，主動上前導覽：我們都是山東濟南人，南宋時候避亂來到這裡，因為山東家鄉有條「泗水」，飲水思源，時時也念著家鄉，便命名這村中的河流為思溪，住處為思溪小村，村口這橋就叫「通濟橋」。老人說得清楚、誠懇，其他村人豎耳傾聽，頻頻點頭，可以看出他們之間深厚的情感和無需言語的了解。一條橋繫住了一脈血源，一

上　清華鎮彩虹橋，被譽為最美麗的廊橋。

中左　即使走下了橋，還有一道長廊護導你回到可愛的村落。

中右　石磴橋可以讓你飛淩水面。

下　一面過橋，一面看河水粼粼。

脈承傳，都是手足，都是鄉親。

有時候想，我喜歡看古橋、拍小橋，除了是我的旅遊紀念，我的戀舊情懷，也還有對人類智慧的敬佩啊！

最美的鄉村
——婺源李坑

觀賞民居的行程裡，李坑給我的印象最深刻，感覺也最是安祥悠閒。

一大早，下了一場真是時候的雨，一入村口的荷塘，翩翩田田，荷葉、荷花，甚至蓮蓬，都流動著色彩和光影的美麗。

我們繞著荷塘，迂迴的走過小橋，穿過寫著「李坑」的牌坊，正式進入村裡。河水裊裊蜿蜒，成排有序的竹筏，單手撐傘而又單手撐船的船家女，以及一對戲水的水牛母子，這是怎樣的開場序曲啊！

這樣的開場序曲，好大的排場，啊，真是快樂。

由於，入村或出村，只有兩條路，一條伸展在田畝邊畔和小溪河旁，是水光熠熠的小路。路旁長高至膝的稻作，小鵝群覓食其間，白白與綠綠，很是白然呢！青青禾葉，牽拂著我的衣服，應該說我故意讓衣服有些濕潤吧！那一瞬間，我恍然領悟陶淵明詩中：道狹草木長，夕露沾我衣的況味。雨水滴落田中，真有些像擊打樂器三角鐵的趣味，而小路這一旁就是小溪河，溪水潺湲，一圈圈漣漪和瀑流，然後，排闥而來的老樹掩映著古樸的小石橋，小石橋上還留有鄉人家的腳踏獨輪車，等一會兒就要上田裡去了。

啊！當年那個李尚書是否因為這樣的引誘而決定辭官還鄉的呢？信美啊，而又是我的家鄉，躬耕南畝，教化子弟，多麼幸福的事，罷，罷，罷，回鄉吧。因為李侃告老還鄉，將家鄉予以規劃而建，入村後的第一座橋，即以李侃的官位命名為「中書橋」，「中書橋」在中，左為李坑牌坊，右為文昌閣。

因為詩書傳家教化子弟，還有整個中國士大夫觀念的傳統，認為金榜題名方是光宗耀祖。整個村落民居前，文昌閣醒目矗立。閣中祭拜著有文曲星君，又置有文帝簽，庇祐莘莘子弟，不過也矛盾的告訴子弟，作官去千里。一張大告示：任官迴避制度——千里去做官。

講到迴避制度，親友鄰居請託徇情，怎是今日為官的困擾？古代任用官員時，早就制定了這種限制條約——要千里外放啊，我的腦筋裡浮現出了一些古戲曲中的悲劇故事。不過，不管明年春草綠，王孫歸不歸，我倒是喜歡這幢木造閣樓，憑窗但見四野的碧綠：翠竹修篁，綠水明影，良田美禾，不是詩人也能有些雅興呢。

小小的李家坑，北宋年間來此，全以李姓聚居。由於婺源原屬於古徽州，所以李坑村落民居也是徽派式建築。高門檻、天井、廳堂，我們走過以經商致富的李瑞柴故居，細細品賞他門口的氣派石雕，門內的精緻窗花、燕雀（小的斜橫樑柱），以及特有的「商」字大樑。（徽人隱金玉於內的謙虛，我這個祖籍也是安徽的小女子，真要不好意思了。）古代文人的審美情趣往往影響了村落的建築與民居的內容。「何事就此卜鄰居，花月南湖畫不及；浣汲未妨溪路遠，家家門巷有清泉。」清風和暢，瀲灩波光，真個田園毓秀，美不勝收了。

再來到大夫第，高廣石級入門，便添了三分威儀，口含銅錢的貔貅，座鎮宅前，又加增了幾分富裕。入得大廳明塘、閨閣秀樓，我愛拍那些窗花檻撻，每一扇每一面都是哪個工匠師傅一生的成就或得意呢？他們留下了線、形、色、質的圖案，也保存了人與木交互的智慧痕跡，有自然景觀也有人文景觀，我真是不能割愛的想要留存拍照。

因而，你可以知道為什麼我老是落隊，被丟在最後的原因了。

武狀元李知誠宅也是參觀的重點，武狀元要文武全才，書房處的楹聯，簡單明瞭而又鐵肩千鈞：

聞雞晨起舞，
挑燈夜讀書。

徽鄉之可愛，在於濃郁的文化；徽商之所以令人相看，也全在徽商重視子弟教育，講究人文教化，很用心的經營自己的家鄉。幾家茶樓的聯語，也是雅俗共賞：

山靜無音水自喻；
茗因有泉味更香。
綠陰青紫猶堪賞，
清泉行行一徑苔。

所以，說來，整個李坑，不論尋常百姓或富賈官宦，訓示明白的廳堂中，都標榜著詩禮耕讀、忠孝勤儉的傳承，也處處展現可以閱讀的人文感動。

村中沒有任何顯眼的指標，全村集就循依著一條清澈的小溪、一座秀美的山勢溯游而上座落和闢建，村內街巷溪水相通，兩岸人家以小石板或木板為橋，互相往來，雞犬相聞。因此九曲十灣，一不小心，就會錯過隊伍，一不小心，就會踏入人家天井院落，不過，也因此得到尋訪的曲折樂趣。

我們穿過武狀元李知誠宅的廊院上山，水光潤澤的青石板路旁，盡是古樟的香味。來到菇山亭前，整個李坑村落盡入眼簾，錯落的馬頭牆，翹首向天，開朗昂揚，也坦蕩謙和。

下山後，出村集，我故意走另一條路，從離離紫薇花束中再重溫這村落的美麗和記憶，籬架上開著黃花的瓜類蔬果，山坡田地裡結著紅鬚穗的玉米，兼挑一擔子的小雞崽去趕集的農民，沒有閒情野致，而有渺小生民勤奮崇高的尊嚴。我從感性跨越到理性，這是個仍在進行式中的農村，難怪，有人要封「婺源」是中國最美的鄉村了。

上　入村前的中書橋和牌樓後為村中的文昌閣。
中　蜿蜒村落中的一條溪河。
下　家家門前小橋流水瓜圃林園。

瓷燒路燈
——景德鎮小遊

看到第一根以瓷燒為柱的路燈和紅綠燈，我們就已經進入景德鎮了。

景德鎮是一座歷史悠久的古城，很早很早以前，就非常繁華，古文中說「商人浮粱買茶去……」，就是指的景德鎮。

宋應星《天公開物》中，曾經這樣描述景德鎮陶瓷生產的繁榮景象：「天下窯器所聚，……萬杵之聲殷地，火光燭天，夜令人不能寢。」我們雖只能想像那種夜以繼日、忙碌蒸騰的情景，但是一大早，約八點半鐘左右，瓷器街上全已開鋪，各式精美瓷器備陳：清新高雅的青花瓷瓶、大紅喜氣的釉裏紅、雍容富貴的描金牡丹……，細細品鑑，在在令人愛不釋手。朋友們更是買了粉彩小屏風、琺瑯彩小首飾盒，滿載而歸。由這樣的市容一隅，足夠我們窺知往昔盛況於一二了。

由於是來到「瓷都」，我們參觀了古陶瓷作坊、古龍窯遺址，仿徽州古建築，馬頭牆高低、錯落有致。窯中，碗碟成落成綑，很是有趣，多半是生民日常用品呢！想像著我是那樣的一個小販，挑擔叫賣，一個漂亮的姑娘，買個瓷碟好放她的胭脂花粉；一個老大爺，買個大碗，好稀哩呼嚕的喝上一碗熱粥……

啊！也許我的前世曾經來到此地過，來做過買賣或來做個拉坏或彩繪的師傅。

這個本來一直叫做浮梁大鎮的地方，古來始終楫檣林立、商賈雲集，買茶買米運鹽……熱鬧極了。

北宋景德年間，北方瓷器師傅，

左　製作碗坯在水坊上，可以溶去瓷土的飛揚。

右　哇！挑著這碗架可賣多少個瓷碗進入多少家庭哪？

又因著這裡的高嶺瓷土質優細綿紛紛來到，眾師傅聚集，切磋、競爭，大批燒製出玉質般輕巧滑淨的御用瓷器。景德年製、細緻采富的影青瓷器，通過昌江河（發源於安徽祁門），遠遠去到北地異鄉，甚至飄洋過海。人人收購景德瓷器，僱船前往景德瓷器的地方，於是這個浮梁大鎮也改名為〈景德鎮〉了，一個唯一以皇帝年號為鎮名的地方。

以瓷器名聞，以瓷器計生，下榻的酒店內，當然也有一間瓷器館。其中陳列，即使最便宜的，都以上萬起價。我想起我的一個「只要雙手捧握瓷杯，就覺得溫暖靜謐」的朋友；也想起一個喜愛「沒有絲毫沾染，清純珍貴，不容褻瀆的素白瓷杯」的朋友。而我則喜歡素白淨清，再加彩一朵花卉的器物，不論杯子或餐具。

也許，不，不，應該是決定，旅程結束回家後，我要到我們的「鶯歌小鎮」，以溫柔相對的心，燒繪幾只瑩白綴花瓷杯，與每顆好友的心共享共飲。

可以確定的，炎夏午后，我的朋友手捧一只瓷器，沏泡一壺茶時的開心，和感受的美麗。

童年的村居情味
——安義古村

有機會參觀古村，是要好好珍惜的；千年的積累，才有眼前的緣分，變動的時代中，一切都在改變，所以一旦來到，好好透過心眼，就能留下逝水華年。

我以這種心情歡喜來到，尤其我還深深有一種懷舊……這個地方，它充滿了我童年時的村居情味。

贛式建築

安義古村……這是我們在江西行程的第六個民居參觀點，位於南昌市郊，梅嶺下的羅田村。這個村落屬於贛式建築，比較偏於南方的民居建築，好像更接近我們台灣早期的鄉村院落了。

來到安義古村，乍看之下，古老民居都差不多的一個面樣，高牆深巷、前院、大廳堂、廂房、院子……。

但是靜定細看，贛式建築牆面不用石灰抹面，而保留磚石的原相，更富紋理的可愛和拙樸，大門上雖沒有華麗磚雕的門樓或牌坊，可是仍有莊嚴的門額，我們來到的黃氏安義村，全村都姓黃，解說的黃家媳婦就很自豪的說：「小小羅田村，大大羅田黃」。「江夏堂」、「安陸遺規」幾方大匾牌，醒目的在入門處告訴了我們：來到一個重視禮儀、承傳有敘的人家了；也因為沒有鑲崁的裝飾，石料砌築的牆基，雕鑿方整，嚴絲合縫，更是一目了然。

我們從一條五里多長的前街閒逛起，古石板路凹窪的地方不少，多少腳印、車轍啊！前街上商舖林立，小飯館多，卻多以「江夏」為名，前街好像全村的心臟，甚至村中的一個衛生所，貼著施打疫苗的通知，也就設在前街上。乾脆這樣說：整個村落以前街為脊樑骨，穿起橫街、後街，連街串巷，曲曲彎彎地繫起一家家一堂堂，直到村尾郊野。

我想起小時候住的景美、清水、彰化村落，有最熱鬧的一條前街，然後延伸很多小巷、矮屋短弄，我們最喜歡在其中躥來鑽去，尤其遇上過節或拜拜，八仙桌上的香煙裊裊，大圓桌上的杯杯盤盤，在在是自由自足。

同樣的，入門前廳、八仙桌、大圓桌、大方椅……，簡單擺設，低簷深屋，微暗嚴肅，走在裡面，彷彿已經定格在童年記憶的心象裡了。

真的好像走進時光隧道，走進一個巨大的正生活著的迷宮裡，我們跟著村中的導覽解說員，一家走過一家，一個彎轉拐進另一個彎轉裡。迷醉拍照的人，就遠遠跟著跑著。

「往那上拐彎去了。」和氣、親切，蹲坐門檻上的村民，伸長著手臂扯著喉嚨告訴我們。

古老民居都差不多的一個面樣，有時沒有耐心或缺乏興致，就不免感到枯燥單調，也有些疲累和糊塗。不過，古老民居，多講求整個村落的營造和氣勢，也因而村莊居落整體造型上頗富有體塊上的變化和對比，許多的角落都隱藏着變遷中的吉光片羽，所以仍然富有極大的藝術和旅遊的魅力。

「我拍了三、四百張，哇！記憶卡恐怕要不夠了。」

「你拍得太多了吧？」領隊的倪經理說。

「每一個地方都值得存留啊。」

窗花木雕、長匾古隸、深簷楹聯……在在都是美麗的誘惑啊。

你且看看這村中繡花樓的楹聯：

「應物象形不必擦皴鉤勒；

隨類賦彩毋庸渲染點烘。」

團中的張簡教授和南二教授，除了錄影更有長鏡頭特寫。

怎捨得匆匆一瞥呢？

難怪，團員聲聲驚嘆不斷，也聲聲嘆息不捨。

古村古落多麼可貴

許多古舊的東西，一定有很多的有心人賞識，但是很多的有心人卻因路遠力微，無能力好好保留。

但是，不諱言的，我們也更認同：許多古舊的東西，唯有在地的有心人賞識和警覺，才能好好保留。若是在地人不能知道自己居住的這個村落有多麼可貴，而任意的破壞、揚棄，或者不能夠不願意整理發揚，才是使得古村古落頹圮的最大的斧鋸。

記得，我想到在大地雜誌上曾經讀過一則報導文章：〈海島的呼喚〉，記述有關臺灣澎湖的美麗和鄉愁，和有心人返鄉紀錄和推動珍惜家鄉的故事。澎湖「河溪文化工作室」的創辦人張詠捷，在文章中好像就這樣說：

「家鄉只要能維持原貌，就是全世界最美麗的地方。」

老。」

「人應該趕在年輕時就愛家鄉土地，趁年輕做想做的事，而不是到了老年後才回鄉養

唉，走在這古老村落的石板路上，心中也像有了一頁頁的淡淡鄉愁，其實這不是我的家鄉啊，不過，三十年一世，千年的積累，早已世世代代，是不是可以說是人類大家的故鄉了呢？

幾天來，走過了很多舊時古村，古村中都有很多似曾相識熟悉的景觀：有前門樓下擺滿盆栽的老屋子，有老式的板凳木桌的小飯館，有賣著乾貨香箔甚至草鞋的雜貨鋪子，也有尚且保存完整的木造繡花樓，得躬身躡腳上下的小樓梯。我幾乎每一次一邊上樓一邊都會情不自禁的設想自己，體會古代小姐秀氣斯文、慢條斯理的難處，木板地發出的不規則的嘎嘎聲，廊簷轉角處真得小心翼翼的迴轉，這也是參觀古村落的樂趣。

至於這個安義古村裡，擁有著保存得仍舊很完好的天井和廳堂，比如地方寬敞、寧靜安謐的祀奉孔子的宣化堂；比如楹聯歷歷：「子孝孫賢至樂無極」、「時和歲有百穀乃登」的敘彝堂。而村莊與村莊，街與街的轉角處，有高挑雅致的更樓，而窄長的巷弄，老人蹲坐搖扇，像是天下最悠遊自得的人；就連只容一人側身的「和氣巷」，都有一種你先我讓，寬靜謙敬的感覺。

所以不論是人是景，都令我們喜歡。

尤其，還有一件很值得記錄的事：

一路上，有一個小男孩和幾個鄉音很重的大陸散客旅人始終跟著我們，和我們一起穿堂入室並聆聽解說和典故。大陸遊客和我們一團人，都對這村中故事聽得津津有味，但我們的興味畢竟帶有些觀光看熱鬧的感覺。

但是那個小男孩，和我們保持一點不失禮貌又不失精采的距離，很專注的聆聽和觀看。起先我們以為他是來討糖果或者販售什麼的。然而，穿過幾戶老宅後，小男孩的純樸和規矩，已獲得我們的欣賞。

我們開始閒談。

「上中學一年級了。到城裡上。」「現在放暑假。一放假我就回來囉。」

「喜歡回來嗎？」「我喜歡。有的同村同學不喜歡」。

古老村落，老人家能夠安居陋屋，無視世間紛擾的樂天知命，當然不容易，但是畢竟已經百經饑荒和烽火，其實頗為自然。可是，那個跟著我們一路仔細看，注意聽自己家鄉的年輕少年呢？他那樣年輕單純，他應該很容易嚮往外地的熱鬧，時代的潮流，能夠喜歡自己家鄉的歷史，認識並承傳在自己的家鄉裡，那是需要多麼恬靜的心靈、深沉的探索啊！難怪我們一路都和他聊得很愉快，並且也給予他很多鼓勵和誇讚。

寬仁敦厚源遠流長

在這趟安義古村之遊裡，我們還看到一家在別處民居裡所未曾見的當鋪，開立在叢聚的居家小巷裡。導遊說：當鋪不開在大街上，只因開當鋪不為牟利。黃家長輩嚴訂：當鋪立規是要急人之急，不取鄉人分文之利；特別的是：當鋪開在小巷裡，全因為是體恤典當之人的感受。

多麼寬仁敦厚的遺風啊！多麼希望這仁厚也能隨著這古村而傳延發揚下去。也就在這不計牟利的當鋪前，我赫然想起了小時候讀過的江夏黃香溫席扇枕的二十四孝故事。原來，懂得人倫之孝，方才懂得解衣推食之仁啊！

古石板路有年久的感覺，讓我彷彿聽到搭搭的跫音，方正青石板以及兩旁充滿古意的石、磚造屋，以及路口的一口活泉古井，我感覺這羅田村的安義古村好可愛，也祝福這村落可以千年萬年安居立命下去。

徽州民居多木造，贛南民居則多磚石，這也是中國民居建築的大特色：與境相諧，建築材料取材於大自然，使得屋宇院落的質感，能與周圍的環境相諧。雖然這羅田村贛式民居不似皖南民居或江南民居有精美彩畫的樑架或是藻井門樓。然而，丹霞地貌的單淳和質野，安義古村也較為樸實淡雅，更讓人領悟簡潔洗鍊，不修華飾的清雅恬淡。

就這樣繞過前街和後街，攛過橫街和巷弄，一個老婆婆跟我們搭訕說她最夢想的事是到台灣來玩玩，她也很坦誠的說：家裡外出找工作的年輕人，不知何時才能有經濟能力帶她外出走走。我們卻告訴她，她的夢想可能很快就會實現，因為觀光的收入，能讓這大村落注入很多的財源。

很安靜也仍有些自給自足的興味的村落，沿著河邊菜圃藤架上垂生著許多小絲瓜，人家院外一籮筐一籮筐的紅辣椒，流火夏日中的彩艷，增添了我們行程的豐富。

福樹福地源遠流長

碩大扶疏的柚子樹，結實纍纍的棗樹林，走到村尾了，曠野處有一棵唐朝黃樟樹，綠蓋如傘，樹下涼風流洩如河。我們的解說員，這位黃家媳婦，誠敬的說那棵樹是村裡的守護神，「江夏」黃姓族人，從湖北避亂遷來此地時，就已經有了這棵樹。福樹福地，源遠流長，村人用心護守相信它的靈性。站在樹下，仰觀黃樟，綠葉鬱鬱，何止是村人，連我們都相信它的靈性呢，因為只有青青大地，只有草木榮茂，才能豐潤我們所有人類的生活，護庇我們所有人類

上　很安靜也有些自給自足的興味的村落，很像小時候居住的鄉下。

中左　大門上「安陸遺規」石刻匾牌，以示不忘祖訓。

中右　這棵唐朝時栽種的黃樟樹，綠蓋如傘，樹下涼風流洩如河。

下　只因開當鋪不為牟利，當鋪立規：是要急人之急，不取鄉人分文之利。

的生命。

參觀古村落，有這樣的機會，心中充滿感恩；千年的積累，才有我當下眼前的緣分，儘管變動的時代中，一切都在改變，但是一旦來到，就要透過心眼，留下永恆記憶。

我以這種心情歡喜來到，更是在悅讀著人類共同生命中一段永難磨滅的美好記錄。

茶花的故事
——雲南麗江小鎮

春天來了

春天來了，茶花便開了。

寒冷中透出一絲絲暖，陽光晶晴。

經過國防部眷舍中庭，幾樹茶花紅紅、白白，開得圓圓團團。枝枒輕輕的顫動了幾下，把我從匆忙的行進中叫住：一層層瓣瓣圓圓粉粉，茶花的笑臉啊，是那麼可愛，花朵紛飛，也象徵寒冬終於到了盡頭，我不禁高興起來。

春天的預告：茶花開了。

彷彿所有的茶花都接到了指令，即使我在學校車棚一角，也發現了幾朵恣意開放的白茶，自在的好像它就是屬於這裡。

我也在車陣呼嘯而過的忠誠公園裡，看到一株粉山茶。壯碩的主幹外，還有很多歧出的、筆直向上的枝幹，枝幹上的許許多多小節椏都變作了一個開花的小基地，整株樹像天女散花一樣離離蔚蔚。

不過這樣到處看茶花，並不是因為我特別喜歡她，大概是因為我很容易受外在影響，對每個季節都很瘋狂追逐吧！所以，我雖然上了年紀，卻仍常常讓我的家人生氣。

麗江茶花樹王

尤其有一次造訪麗江，造訪一株茶花樹王的事：

我和朋友一團人站在一株碩大的，同時開了數千朵花的茶花樹下，一方面驚訝她懾人的氣勢，一方面心裡是一波波的思潮。有彷彿對神明的虔誠，也有渴望擁有的私慾，「通透如紅玉的美麗，怎能不拍攝下來呢？」「怎能就這樣看看算了呢？還有好多愛花卻要顧孫子不能前來的朋友呢？」大家搶著拍照留念，當然我也一定要拍攝些特別的回去。

既然是茶花樹王，樹身當然高，向著天空展顏的那幾朵最美，我一定要爬上去拍攝。也不知是哪來的輕功，一腳蹬上一處搖晃的石塊，另一腳踩住了巍巍顫顫，幾乎要待修繕的木架，身子欲傾跌的懸在半空中，手上拿的還是很重的單眼相機。

「我的肩膀借你扶。」

「你要撐著我整個身體，太重了。」

驀地間，宏燕竄到我身側，她的人如同她的名字般嬌小。「沒關係，你快照啊。」由於朋友的肩膀可以依靠，我可以站得更高，好像表演特技，一手支撐，一手高舉相機，喀喳喀喳的猛按快門，接近架子的不可放過，連斜角處幾朵互相依偎著的更是取景的標的，拍照中，依稀瞥見花架下幾張瞠目結舌的陌生眼睛和嘴巴。

「艾，你們在表演輕功喔？」

「會不會摔下來？」

聽得七嘴八舌，但是我早已墜入藝術家追求優美的狂熱，神馳於花中的世界。也如有神助，一晃間拍完了一卷三十六張底片。好過癮。

拍完了，跳下木架，再退至山牆垣弧門口，瞻仰見得整個的茶王全貌。茶花只是天空的一部分，茶樹整個覆蓋中庭，萬朵同時綻開的花樹，整個像星空，密密麻麻的，都是小點，彷佛是小小亮亮的星星，也彷彿是熙來攘往的今人和來者。難怪，千年萬朵茶花人人說神秘。當然，我後來才知道那株茶花王是有一個喇嘛大師專誠守護著休想越雷池一步的，而那一天，正巧他去昆明了。

我時常想自己的前世可能是一個吉卜賽女子，否則怎會那麼喜歡四處流連、爬高下低的？這世界的風華浪漫，為什麼經常蠱惑著我？

而生我育我的台北，這裡的山這裡的水，這裡的擁擠都是我生命中的一部分，這裡的美好更是我誠心誠意的喜愛。

每年一趟的旅行，總是生命的奢侈，一團體的好朋友每一個都能成行，更要機緣配合。愛流浪的我，怎能讓生命在一成不變中？我喜愛台北的原因之一，就在她的小而豐富，交通方便得可以讓我在一小時之內上到陽明山，上到竹子湖，上到木柵杏花林。

陽明花季盈尺可握

只要元旦一到，雖然還是農曆季冬，我可以坐小巴士上到陽明山了。上陽明山不必有固定的路線，我和朋友常常是完全沒有概念的亂搭車，但是每次都有超過百分百的樂趣。有一次，隨便搭上小十七路，一路越行越高，景物越來越有些新鮮。甚而不久，車子開始在小巷中穿行，呀！快要到山居人家了，在短短的山居小巷裡，櫻花開了，杜鵑開了，還有些我認不清名字的花。

這時就在一處轉角，一棵很粉很粉的花樹，好像是那人家的門牌般，粉得連院子的空間都染透了，我和朋友立刻拉鈴下車。

「茶花啊！」「怎麼這麼多，怕也有上百朵啊。」

於是我們就站在花蔭下仰望那些花朵，陽明山的浪漫，就在那些花枝的縫隙裡了，茶花喜歡三兩朵簇生，圍來更像一盞盞小燈籠，但是那不是廟宇的感覺，而是一份非常清朗的、非常愉悅的，起自心底的一種美。

所以，只要有陽光，上陽明山是最大的心念。特別是陽明山的白茶花，白色的山茶，瓣瓣圓潤如羊脂玉，在墨綠的葉叢中將春天染得更潔淨，沒有一絲雜念，揀起落地的一朵放在手掌心裡，透過花裡傳來的台北視覺，台北真是一個美麗的國際大城。

台北不下雪，但是面前的白山茶，好像瑞雪都堆砌到你盈尺可握的地方來了。一整株樹，花期長，次第的開放，好像約好了似的，每逢春節假日，約了不同的朋友上山，都能享受花海的迎接。君子之交，宜淡宜遠，宜久宜敬，白或粉，山茶富古典的美，非常靈性的映出陽明山的沉靜和人間的情誼。

櫻瓣兒尚未掃去，又加上了茶花瓣兒，一層加上一層，要到春天春風來收拾，當這些花謝了的時候，像杜鵑、玫瑰等等等等的，早就伺著間隙開了，她們囂張的把陽明山鋪上各種顏色，也把大台北染得更像春天。

所以，穿過中庭我要去搭車時，心裡又多了些新盤算，要請我的朋友春天來台北，來看真正的台北之美，同時我在明兒上國畫課時，就要請老師教我如何彩繪茶花，留在宣紙上的茶花可是更要百媚生，更能贈送很遠很遠的朋友了。

上　麗江茶花樹王，一株茶樹上開花兩萬多。
左　有人說三月茶花勝牡丹。

世外之田
——雲南元陽哈尼梯田

世外之田

是誰？有此氣魄，以大地為畫布，墨彩一潑，巧手一揮，萬馬奔騰昂揚天地。

不是梵谷，不是高更，不是雷諾瓦，也不是張大千。

這好一幅天與地之間的巨大的抽象畫——哈尼梯田，是地球創作的奇蹟，是被寶藏、不為俗世眾人知曉的「世外之田」，創作者則是寶愛「自然」，「與自然」和諧發展的一群淳樸素心人——哈尼族先人。

在那起伏的、高聳入雲的山巒之間，哈尼梯田更如同蜿蜒的、登上藍天的天梯。彷彿要讓世人因這天梯都能開悟。

感動與崇敬

這亞洲稻作文化的一個鮮活藝術品，究竟是怎麼創作出來的？

一個人的力量是何其渺小啊！然而，一群人，一群族人，幾群族人，在有智慧的長老帶領下，小小力量又蘊蓄成什麼樣的大能量呢？

雲南是人類最早的發祥地之一。

哈尼族是居住其中百萬以上的十五個少數民族之一，起源之早，比人類想像得更為遙遠。

我懷著驚訝的心前來，懷著感動的心前來，所以來雲南元陽之前，很認真的閱讀了很多史料：根據專家近年的考證，雲南先民是從游牧的原居地青藏高原，涉過湍急的雅努藏布江，沿著有「亞洲的扇子骨水系」的大江，途經滇池、洱海，遷徙至元江、哀牢山、西雙版納、瀾滄江流域及越南……。定居現在的家園。

啊！多麼迢遞的遷徙路，這樣走過了大山大水，建立起來的家園，怎能不令人感動？令人崇敬？

也許，是這樣走過了大山大水，對天地充滿崇敬和感載，每一寸土地都不可以糟蹋。這世世代代安身立命的心念啊！怎樣的感動著一個吃喝玩樂、觀光過客的旅行者？

等待情人

五點鐘，天色尚且一片暗黑，我們的遊覽車已經沿著崎嶇山壁向上爬升。ㄟ米領隊擠出一則笑話，努力的要喚醒大家出門旅遊的興奮神智。

五點鐘，其實是不算怎麼早，平日在台灣時，也差不多是這個時辰出門運動的。只因來此的前一晚，昆明下了一場幾十年難得的大雪，入夜後這高山中的山鄉小鎮格外顯得凍冷。冷床冷被，好不容易有些暖意，卻已經三更四更，得要起來了，只為了拍上一張萬馬奔騰日出圖。

「欸，起床起床，位置都被攝影團佔去了，快點。」我們來到時，已經有四團的臺灣攝影團入住了。

「好冷啊！慢一點沒關係啦，我們是美人團。」

「不行啦，來元陽就是為了拍日出啊！喂，上車上車！」

大伙本來就是老朋友好伙伴，一同出來旅遊更如赤子般，尤其盤旋搖晃的車似搖籃。「我們會不會是最早到的？」「狗屁勒，想得美喔，等會兒有你站立的地方都要偷笑了。」

不知是否未卜先知，下車處，山頂林立各家好漢，還有來自新疆的攝影師及攝影記者，大砲型遠鏡頭腳架一一鼎立如不動金剛。

真的是若有站立的地方都要偷笑了。

如琳突發奇想，鑽到那些不動金剛前面，當然還沒站穩，就一面笑著滾落下面前的小坡地了，天色微黑中，她的身影巍巍顫顫，笑聲喀喀喀的，我們也一面笑喊著說：還不太像公雞叫，一面問要不要拉她上來。

好不容易，風大天冷，太陽終於在遠山坳處露臉了。

可以拍照了吧？

我們這一團人紛紛開始搶拍。

「我們拍的一定是最早的日出圖。」「我已經拍了十幾張了耶。」

我們拍得東跑西鑽，忙碌死了。但是，奇怪咧！那群老前輩卻是慢條斯理的調焦距、對鏡頭，雙手把臂的眺望欣賞。喂阿！他們什麼時候才要開拍啊？

終於，有一兩個「老老前輩」開口了：

「你們根本在浪費底片。水面要有些微光，日出要升近那一枝樹梢。喂，等過情人嗎？

耐心！」

「沖洗看看，大概只有一兩張可以看。」老天啊！老前輩還真是不給後輩面子。果真，回台灣後，兩卷底片，洗出來的就只有這一兩張啊！能算是情人嗎？

薑是老的辣，老前輩處處有值得挖寶的經驗

甜甜的泥土

菁口村裡的哈尼梯田。

延著元河河谷，我們一路往下游走，約莫十點鐘多，太陽昇上半晌午，我們來到一處哈尼族人的大村落——菁口村。

一路的黃泥路，一路的如畫梯田，走入這個村落時，望見家家屋頂的稻垛，更感到一種農村趣味。

這個村子真的就是座落在梯田中央的一處稍稍平坦台地上。

說來哈尼族人認為氣候溫和的中半山，才是理想的居住地，冬暖夏涼，氣候適中，最有利於人們的生活。尤其亞熱帶的高山深谷，上山可以打獵，下山可以種田收取米糧，最聰明的人就是在半山腰的向陽坡上築屋。

所以哈尼族有一句話：「要種田在山下，要生娃娃在山腰。」這可是哈尼族人千百年來的生活經驗。

由於一幢幢小瓦屋，互相牽連，中間是歡樂的石版廣場，好像很多人牽手圍成一個大圓圈。

我們一團人都是既好奇又大膽的，早已經在村落中四處閒逛。環境單純，時間充裕，我們任意的在村子裡亂走，有人學著晒穀場上的孩童跳著的瑤族舞蹈，有人去借看梯階旁老人家抽著水煙的大竹筒，也好奇地問出來貼在屋牆上的大黑團，哇，竟是一坨坨的牛大便。

我爬上比較高的一處屋廊上遠眺才算安靜下來。

我們俯靠一處高欄杆前，只見一片翠綠裡，遠處較為寒冷陰濕的高山，保持著茂密的原始森林，雲遮霧繞，綿綿霧雨。

由於降雨充沛，也由於開始放水，在森林中、在梯田中，有數不清的水潭和溪流，在這初春三月裡，水流潺湲，水光映著天光，一片融融和和。最令我們稱美的是環著村子的許多小水圳，像飛騰的綵帶，散播著水聲，散播著豐美。

啊！好甜美呀，好舒服呀！

整個安靜的天地裡，水聲竟像縹緲的高樓歌聲。

於是，我們席地坐了下來，聽村落裡的人聲，聽環村的流水。

獨一無二的絕活

哈尼族極為保護並重視高山森林。

他們認為氣候溫和的中半山，是理想的居住地，冬暖夏涼，氣候適中，有利於人們的生活。亞熱帶高山深谷，上山可以打獵，下山可以種田收取米糧，所以他們在半山腰的向陽坡上築屋，一幢幢小瓦屋形成一個溫馨互助的聚落。

在村寨周圍、房屋前後，他們引入高山森林中的源泉，蓄水、開闢菜園、修築道路，又與其他各村寨連接。所以哈尼族有一句話：「要種田在山下，要生娃娃在山腰。」這可是哈尼族人千百年來的生活經驗。

從村寨邊至山腳，河谷的整個下半山面，全是層層的梯田。哈尼族人依著山勢利用每一寸土地、每個角落，使得梯田每層大小不一，形狀各異，然而卻錯落有致，互相溝通，層層相疊。梯田間還修有道路，行走方便。

由於哈尼族梯田水利工程在世界上是獨一無二的，一路上除了遇上攝影團，我們也遇上來參觀的外國人，以及一對來自東北的學者夫妻。

開挖梯田是一項絕活，它不僅需要強勁的體魄，還需要豐富的經驗，開挖梯田的最佳時節是每年的陽春三月，這段時間氣候宜人，土質乾燥。開挖時，哪裡滲水，就在哪裡補漏加固。至於開挖時，挖下的大土塊則打夯成餅、疊成田埂，同時每壘一層，就用腳再踩牢夯實，從山腳越往上開，山勢越見陡峻，因此，越往高處，田埂也需越加厚實。大致說來，田畝較低田埂也較薄，僅四、五寸，不是老手絕對無法走穩；高山陡峭，田埂就較高，有的部分還高達五、六公尺，厚實的高埂，兩人並行，毫無問題。

此外，壘好的田埂每年要徹底鏟修一次，不能讓老鼠打洞，年積月累，田埂也越見牢固，越見美觀了。

同時，高山水田與低山水田的管理也不同，高山水田長年保水，負有牢固田埂、積蓄山水的作用；低山水田則每年放水曬田，這也是哈尼族梯田農業獨特的水利施肥方法。

由於在每座懸掛著梯田的山腰，都挖出了數道水溝，平時，接住高山森林流下和滲出的泉水，雨水季節，又能截住漫山流淌的山水，引入梯田，有的水溝長達數十里，甚至跨越鄰縣，使得每一塊農田的用水都能長年不息；從高山順溝而來的水，由上而下注入層層梯田，高層梯田水滿了，便注入下一塊梯田，再滿再往下流……一直到匯入河谷而已。山水遙遙而來，一定會夾帶碎石泥沙，聰明神奇的是：哈尼族會在溝水入田處，挖出一個大坑來沉澱砂石，這是哈尼族勤勞智慧及生產經驗的顯著成果。

在整個哀牢山中，興修水溝是所有人的事，而且不是一村一寨小集體的事，水溝跨州連縣，密如蛛網，灌溉區內的人視水溝為命根，護養水溝為己任，其他人更是在溝渠稍有破損時，誰見誰修。每年冬天，各村出勤，疏通溝渠，砍去雜草，在漫長的歷史歲月和長期的梯田農業實踐中，哈尼族形成了一種不成文的水規，這種水規是根據一股山泉和溝渠的灌溉面積，由這一灌溉面積內的農戶依各自的梯田數量共同協商，規定期用水量，然後按泉水流經的先後，在溝與田的交接處橫放一塊刻有一定流水量的木槽，水經木槽流入各家梯田，這種約定不僅約定俗成，而且代代不逾，維繫民族群體的凝聚力，也是各家生活中的一種自省、自治。

哈尼梯田另一個神奇是他的活水施肥，這與平壩農業有顯著的不同。哈尼梯田的特徵是田水常流，用水來自深山老林，高山流水順著溝渠，將原始森林中的大量腐植質不斷地帶進田間，這是一種自然的施肥，山水中飽含肥潤，使稻穀從栽種到採收，一直受益。

另一方面是人為的施肥，除了村寨裡的肥塘。

最重要的是第三種沖山水肥，因為每年雨季初臨時，正是稻穀拔節抽穗期，也正是農家追肥的時刻，在高山森林中積蓄並漚悶了一年的枯枝敗葉和野放山林的牛馬糞，便隨著雨水順山而下，流入了山腰水溝。這時候，村村寨寨、男女老少一起出動，稱為趕溝，漫山而來的肥料在人們的大力疏導下，迅速地注入了梯田中。

桃花流水鱖魚肥

不過最讓我們羨慕的是在哈尼族山區，家家都隨時有活魚吃，免錢又肥美喔！原來，梯田養魚更是最為絕妙又平常的事，獨特的是它是活水養魚，養的多是鯽魚、鯉魚，（由於牠們在成長中常常有穀花吃，當地人就叫它們是「穀花魚」）活跳跳的，隨著水流而悠游，這種在梯田活水中長大的魚，生長較快，肉質鮮嫩，連魚鱗也細軟可食。

哈尼人將青山綠水視為自己生活的一個手足，悉心呵護。哈尼族延續上千年的樸素的自然觀，敬畏大自然，沒有人定勝天的勉強，沒有改天換地的野心，只是體察天意，善待自然。

這分保護著良好的生態環境，維護著族人的優良傳統的心意和承傳，是此行讓我們最感動，也最謙卑的省悟。

上　春水滿畦有泥土香甜，也有鱖魚肥美。

中　元陽梯田有如萬馬奔騰。

下　哈尼人居住的磨菇房。

國家圖書館出版品預行編目

尋訪大陸美麗山水：逍遙出生命的富足 / 陳亞南著. -- 一版. -- 臺北市：秀威資訊科技, 2009. 11
面； 公分. --（旅遊著作類；TP0001）
BOD版
ISBN 978-986-221-285-1（平裝）

855　　98015078

旅遊著作類　TP0001

尋訪大陸美麗山水——逍遙出生命的富足

作　　者 / 陳亞南
發 行 人 / 宋政坤
執行編輯 / 胡珮蘭
圖文排版 / 鄭維心
封面設計 / 蕭玉蘋
數位轉譯 / 徐真玉　沈裕閔
圖書銷售 / 林怡君
法律顧問 / 毛國樑　律師
出版印製 / 秀威資訊科技股份有限公司
台北市內湖區瑞光路583巷25號1樓
電話：02-2657-9211　傳真：02-2657-9106
E-mail：service@showwe.com.tw
經 銷 商 / 紅螞蟻圖書有限公司
台北市內湖區舊宗路二段121巷28、32號4樓
電話：02-2795-3656　傳真：02-2795-4100
http://www.e-redant.com

2009 年 11 月　BOD 一版
定價：250 元

讀　者　回　函　卡

感謝您購買本書，為提升服務品質，煩請填寫以下問卷，收到您的寶貴意見後，我們會仔細收藏記錄並回贈紀念品，謝謝！

1.您購買的書名：______________________________

2.您從何得知本書的消息？

□網路書店　□部落格　□資料庫搜尋　□書訊　□電子報　□書店

□平面媒體　□　朋友推薦　□網站推薦　□其他__________

3.您對本書的評價：(請填代號　1.非常滿意 2.滿意 3.尚可 4.再改進)

封面設計____　版面編排____　內容____　文/譯筆____　價格____

4.讀完書後您覺得：

□很有收獲　□有收獲　□收獲不多　□沒收獲

5.您會推薦本書給朋友嗎？

□會　□不會，為什麼？______________________________________

6.其他寶貴的意見：____

____

____

____

讀者基本資料

姓名：_____________________　年齡：______　性別：□女　□男

聯絡電話：_________________　E-mail：_____________________

地址：____

學歷：□高中(含)以下　□高中　□專科學校　□大學

□研究所(含)以上　□其他_______________

職業：□製造業　□金融業　□資訊業　□軍警　□傳播業　□自由業

□服務業　□公務員　□教職　□學生　□其他__________

請貼
郵票

To：114

台北市內湖區瑞光路 583 巷 25 號 1 樓

秀威資訊科技股份有限公司　收

寄件人姓名：

寄件人地址：□□□

(請沿線對摺寄回,謝謝!)

秀威與 BOD

BOD（Books On Demand）是數位出版的大趨勢，秀威資訊率先運用 POD 數位印刷設備來生產書籍，並提供作者全程數位出版服務，致使書籍產銷零庫存，知識傳承不絕版，目前已開闢以下書系：

一、BOD 學術著作—專業論述的閱讀延伸
二、BOD 個人著作—分享生命的心路歷程
三、BOD 旅遊著作—個人深度旅遊文學創作
四、BOD 大陸學者—大陸專業學者學術出版
五、POD 獨家經銷—數位產製的代發行書籍

BOD 秀威網路書店：www.showwe.com.tw
政府出版品網路書店：www.govbooks.com.tw

永不絕版的故事・自己寫・永不休止的音符・自己唱